森鷗外と村山槐多の〈もや〉

佐々木 央

後列右から、山本鼎、村山桂次、山本いゑ子、山本一郎、山本方《ま》世《せ》、山本たけ（信州大屋にて）

左下に「村山谷助」とあり。
結婚当初の村山谷助、たまと槐多

前列左より村山桂次、村山槐多。後列左より田中十三男（嶺田丘造の友人)、村山たま。ペン書きによる。
草野心平『村山槐多』Ｐ59の槐多親子（写真）の左後ろ、学生服の男性は田中ではなく、門山周暁という（故・村山太郎氏)。京都父母宛て書簡には、「おつ母さんの写真を一枚ぜひ送つて下さいな、古いのでもいゝのです、田中さんと一緒にうつしたのでもいゝから」(大正３年秋か）とある。

左下に「山本 嶺田 村山 田中」とあり。左から、村山たま（三女）、山本たけ（長女）、田中某女、嶺田たづ（二女）

右下に「村山たまと村山おこう」とあり。
左の村山於幸《おこう》は槐多の弟桂次の妻。故村山太郎氏の母

右下に「村山アリ」とあり。
村山槐多の妹・有子（二女、大正２年生まれ）

中央に山本良斎の妻・山本方世《ませ》。「山本マセ」とあり。

右下に「両親と岡崎の家にて」とあり。
左から嶺田丘造、嶺田久五郎、嶺田たづ
左手に見えるのが〈小さな平屋〉か。

はじめに

森鷗外生誕百五十年の年に出版した小著『森鷗外と村山槐多　わが空はなつかしき』（二〇一二年、冨山房インターナショナル）については不十分ながら、出版後、森里子氏（鷗外長男森於菟の長男・森真章《まくす》氏夫人）、小堀鷗一郎氏（鷗外次女小堀杏奴の長男）はじめ、鷗外研究家の山崎一穎《かずひで》氏（森鷗外記念会会長、現顧問）、山崎國紀氏（花園大学名誉教授）、金子幸代氏（富山大学人文学部教授）、美術史家諸氏から過分にもお手紙をいただいた。

前著でも述べたように、画家村山槐多と森鷗外とのつながりは、意外にも深く広いが、両者の沈黙によってその境界について語られることは従来希薄であったようにも思われる。

前回の『森鷗外と村山槐多』出版後、しばらくして、遺漏が見つかった。実際には、村山槐多は森鷗外のもとを訪れていたことが、従兄嶺田丘造（母たまの次姉たづの一人息子）の回想に触れられていた。丘造は一高入学の際、鷗外邸を母たづと山本一郎の妻たけ（娘の頃鷗外邸に出向く）とともに訪ねたことは前著でも紹介した。この観潮楼訪問については、前回触れられなかった宮芳平についても補足した。日本美術院で槐多と出会った宮については鷗外の日記にも散見されるが、槐多については同日記には触れられておらず、槐多自身も鷗外についての言及はない。

槐多没後の近しい友人たちの回想集『槐多の歌へる其後』でも、槐多と鷗外に触れた文は見あたらないのである。両者の沈黙の意味についての追補と並行して、槐多の〈出生〉にまつわる提題についても企図しかけたまま、足踏み状態となっていた。

『森鷗外と村山槐多の〈もや〉』という形で、当初の部分的改訂の予定から大幅に加筆し個別の独立した文集となったが、槐多の〈出生〉についても、鷗外の影がなんらかの形で背後で揺曳しているようにも見えながら、出口は見つからぬまま時が過ぎていたのである。

今回出版の転機となったのは、「国民的辞書」とされる『広辞苑』最新版に於ける〈村山槐多〉の記述であった。二〇一八年一月十二日、全国一斉発売となった十年ぶりの改訂第七版に於いて、村山槐多の出生地は「横浜」（第五版）から「愛知県」へと変更された。その前年、「朝日新聞」二〇一七年四月十一日付の「美の履歴書　４９５」は、槐多の油彩《湖水と女》（ポーラ美術館蔵）を取り上げた。槐多の出生地について丸山ひかり記者は、

「横浜生まれとされてきたが、現在の愛知県岡崎市生まれとの説も」

と、「岡崎市生まれ」は異説として注意深く併記されていたのであった。新説の出現に際しては結論の性急化を避け、できる限りの検証が求められる。この朝日新聞の両論記述に対して『広辞苑』が改訂に至る経緯はどうであったか知る由もないが、今後の『広辞苑』以外の出版物、美術館学芸員の方々の対応も含めて少なからず注意されるところである。

私は『広辞苑・第七版』担当、辞典編集部の平木靖成氏に今回の件について問い合わせると、

お話の中で記述改訂は「校閲のほうで」というお答が返ってきた（参考、「広辞苑の新版に加えた項目（約1万）」、「朝日新聞」夕刊、二〇一八年一月二十二日付）。平木氏の言われる「校閲のほうで」の、「愛知県」生まれへの改訂経過についても含め、ようやくにして、槐多出生地再検討の端緒につくことになった。鷗外と背中合わせのところにいた槐多に重心を置き過ぎたかもしれないが、なぜ両者は相互に触れようとしないのかも見据えながら、槐多の出生地にまつわる〈不整合性〉について考えてみたかったのである。

思い起こせば、岡崎市美術博物館で「村山槐多の全貌」展が開催されたのは、平成二十三年（二〇一一年）十二月三日から翌二十四年一月二十九日にかけてのことである。同二十三年十二月三日発行の『村山槐多の全貌』展図録年譜に於いて、村山槐多の出生地は初めて「愛知県岡崎市」と明示された。平成二十三年にあたる二〇一一年十二月号の「芸術新潮」は「〈art news〉学芸員が暴いた！　槐多と鼎の大作ミステリー」という記事の最後の方で、次のように記していたものである。

〈長らく槐多も横浜生まれとされてきたが、実は槐多の出生届は、母・たまの生まれ故郷である岡崎市に提出されている。さらにこのたびの調査で、母が槐多の出産にあたって、姉（鼎の母とは別）の嫁ぎ先が所有する岡崎市内の空き家に里帰りしていた可能性が浮上。新発見に次ぐ新発見の連続で、「ホントかよ？」と訝《いぶか》しがる向きもあろうが、そういう方にこそ岡崎を

訪ね、深まる謎をその目で確かめていただきたい。〉（編集部）

「ホントかよ?」と「訝しが」り、かつ「深まる謎」は、芸術新潮編集部ばかりではなかった。何人かの学芸員氏からも、槐多の岡崎出生説出現について「半信半疑」「どう考えてよいか」といった当惑した感想が漏れていた。右の編集部の記述は岡崎の同展学芸員からの直接取材によるものであろうが、「実は槐多の出生届は、母・たまの生まれ故郷である岡崎市に提出されている」、「母が槐多の出産にあたって、姉の嫁ぎ先が所有する岡崎市内の空き家に里帰りしていた可能性が浮上」という指摘についても、今回本文で再度検討させていただいた。

「槐多の全貌」展から二年後、担当学芸員の著書『引き裂かれた絵の真相　夭折の天才村山槐多の謎』（二〇一三年、講談社）の贈呈を受けた。頁を繰ると、同著p154註38で私の著書の記述に触れられ、「横浜生まれということに少なからず疑問を抱く研究者もいるなか　註38」とある。これは小著『円人《えんにん》村山槐多』（二〇〇七年、丸善出版サービスセンター）所収「あとがき―槐多余滴」に於ける「槐多の出生地が横浜であることについて、少しばかり考えるところがある」（p111）という条《くだり》に基づいたものであった。槐多は二十歳になる年（大正五年）の六月、本籍地の岡崎で徴兵検査を受ける。当時、横浜生まれの槐多にも拘わらず本籍地がどうして岡崎なのかという疑問をおぼろげながら抱いたのは事実で、その背景には父谷助の山形の本籍から岡崎への〈分家〉（本籍地の移動）についての私自身の無理解があった。本籍地は住所地であり、必ずしも生誕地ではないことも知らぬままであった。

芸術新潮編集部取材による「姉の嫁ぎ先が所有する岡崎市内の空き家」にしても、学芸員著註40に現れる名古屋の親族（嶺田久三氏）の証言、槐多は「（嶺田）久七の貸家で生まれた」との自家撞着を見せていた。「姉の嫁ぎ先」の「空き家」については本文で資料をもとに触れた。

ここで一言整理すれば、石工業者〈嶺田久七〉というのは、歌舞伎に於ける〈団十郎〉のような存在で、代替わりする名前だったことである。槐多の従兄嶺田丘造の父久五郎の兄茂三郎が〈六代久七〉を継ぎ、親族が話されている祖母カイの夫が〈七代久七〉である（六代と七代が血縁かは不明で、弟子が襲名の場合もある）。

従って、親族が語る「久七の貸家で生まれた」とは、槐多生誕の明治二十九年時点では久五郎の兄六代久七（明治三十二年没）の貸家でということになる。七代襲名は六代没年の明治三十二年以後であり、槐多生誕当時、親族の祖母カイの夫七代嶺田久七の貸家はありえない。

『花美術館 ｖｏｌ．51 特集 村山槐多』（第51号、２０１６年12月1日、花美術館）では、更に叙述に変化が見える。編集部の「まずは岡崎生まれというのは確かなのでしょうか」という質問に、学芸員は「父・谷助の実家は山形で上京した谷助は森鷗外のところで書生をしていて、その時お手伝いさんをしていた母・たまと出会い結婚します。（略）たまの次姉（槐多の伯母、鼎の叔母）が岡崎で手広くやっていた石家さん（嶺田家）に嫁いでいたのでそこでなら安心だろうということで出産のために岡崎に帰ったということが分かったのです。」と答える。

槐多の父村山谷助は「鷗外のところで書生をして」いたのではなく、「（たまさんは）叔父潤三郎の先生で［京都の］中学の教師の村山さんにもらわれて」（森於菟『父親としての森鷗外』、ちくま文庫、p52）とあるように、谷助は鷗外の一番下の弟・森潤三郎の「先生」（小崎軍司は「小学校の先生」、前著参照）であった。岡崎の槐多展図録年譜では谷助は正しく「先生」とされる。鷗外ではなく父森静男の書生だったのは山本鼎の父山本一郎（たまの長姉たけの夫）である。また「たまの次姉が岡崎で手広くやっていた石家さん（嶺田家）に嫁いでいた」というのも事実は少し異なる。次姉たづが嫁いだ嶺田久五郎は石工業を継がず兄の茂三郎（六代久七となる）が継ぎ、弟の久五郎は「早くに税務署をやめた祖父」（嶺田雪子「うたかたの記」p94、本文参照）となる。

「そこで〈次姉の嫁ぎ先〉なら安心だろうということで出産のために岡崎に帰ったことが分かったのです」（学芸員）と述べられるが、学芸員著の註40に見える親族の証言に於いては、「（嶺田久五郎の長男）丘造は、〈分家して離れた場所〉にあった〈久五郎の家〉に住んでいたため、（嶺田）〈久七の貸家〉で生まれたことを知らなかった」という。親族の言う「久七の貸家」なるものの曖昧さも、先に見たとおりであるが、「久七の貸家」を強調するあまり、学芸員が話される「次姉の嫁ぎ先」の「久五郎の家」との齟齬が生じているのである。〈久五郎の家〉は〈分家して離れた場所〉にあったわけではなく、「貸家」の隣家であった。

右の「出産のために岡崎に帰ったことが分かったのです」とされる部分も、戸籍謄本に於いて明治二十九年九月三日付入籍、九月十五日の槐多生誕の記述とともに、本籍地（新たな父谷助の分家先）が岡崎となっていることを結合した推量であり、槐多の出生地は記載がない。母たまが横浜から「出産のために岡崎に帰った」という確証はなく、「分かったのです」というのも推測に基づくものである。「岡崎に帰った」のは、翌三十年、父谷助の高知赴任の途中、短期間槐多母子は岡崎の嶺田家に寄留したまでのことである。槐多の戸籍謄本についても、本籍地とは住所地であり、必ずしも生誕地を意味するものではないことは本文でも述べた。

以上散見される〈不整合性〉の一端は、何によって生み出されたものなのであろうか。「史上最大級」（「芸術新潮」前掲書）と謳われた岡崎での大規模な「村山槐多の全貌」展への努力には賛辞を惜しむものではない。しかしながら、誤解を承知の上で敢えて引用させていただけば、「郷土愛から歴史を歪め、わが住む地方に牽強付会《けんきょうふかい》する例は珍しくない」（註、「牽強付会」とは、道理に合わないことを、自分の都合のいいように無理にこじつけること。小学館「日本国語大辞典」による）という『鴎《（ママ）》外の婢《ひ》』（ｐ２６２、二〇一七年、光文社文庫）に於ける作家の指摘は、深部への〈警鐘〉ともなる。岡崎での槐多展にそのまま当てはめる意図はないが、いわゆる〈画家と郷土〉を考察する上に於ける〈頂門の一針〉となろう。

目次

はじめに …1
森鷗外と村山槐多の〈もや〉 …11
1. 母には愛なし …14
2. 帝国大学農科大学実科 …17
3. 山本鼎と北原白秋妹の〈仲人〉森鷗外 …20
4. 槐多は神奈川でうぶ声をあげ …23
5. 嶺田家の〈小さな平屋〉とゆすら梅 …29
6. 本籍地とは住所地である …32
7. 鷗外が笑愛した〈横浜時代の赤ン坊〉 …40
8. 槐多は〈久七の貸家〉で生まれたか …42
9. 石川啄木・東郷青児・鴨居玲の場合 …49

10．刺殺された七代嶺田久七に子はなく　…52
11．〈森鷗外・横山大観・有島武郎〉を訪ねていた村山槐多　…55
12．「我等」に参加した嘉治隆一　…59
13．鷗外と原田直次郎の〈孫弟子〉宮芳平　…62
14．静男・鷗外家に出向いた山本たま　…66
15．鷗外の『雁』と児玉せき　…69
16．林芙美子『放浪記』の中の村山槐多　…72
17．〈デカダンス〉からの反転　…75
18．遠景としての〈子守りの少女〉　…80
主要参考文献　…85

＊

村山槐多《乞食と女》再考―いとかなしき答あり　…91
伊豆大島の村山槐多―《大島の水汲み女》と《差木地村ポンプ庫》をめぐって　…113
あとがき　余滴にかえて　…134

森鷗外と村山槐多の〈もや〉

俺は一体どこから来たのだらう。（略）
俺の父は何か、母は何か、其れが知り度くなつた。
ああ、俺は一体何だらう。（村山槐多「酒顚童子」）

第五回日本美術院試作展覧会（大正八年二月一日から十日、上野竹之台陳列館）に於いて、《松と榎》《松の群》《松と家》《代々木の一部》ほか計八点出品した村山槐多は、その十日後の同年二月二十日午前二時、東京府豊多摩郡代々幡町大字代々木千百十八番地（現在の渋谷区上原一丁目十番あたりか。参考、近藤祐『洋画家たちの東京』）の鐘下山房で年歯二十二歳五ヵ月の短い生を閉じた。

槐多の早世については、「今日死を決するの安心《あんじん》は、四時［春夏秋冬］の順環に於いて得る所あり。（略）人寿《にんじゅ》［人間の寿命］は定まりなし。禾稼《かか》［穀物の農作］の必ず四時を経る如きに非ず。十歳にして死する者は、十歳中自《おの》づから四時あり。二十《はたち》は自づから二十《はたち》の四時あり。三十は自づから三十の四時あり。五十、百の四時あり。十歳をもつて短とするは、蟪蛄《けいこ》［数日命の夏蟬］をして霊椿《れいちん》［千年万年命の椿］たらしめんとほっするなり。」という吉田松陰の『留魂録』（『夭折』所収、一九七三年、現代思潮社）が思い出される。二十二歳五ヵ月という短命（未完成）であっても、その中に「四時（春夏秋冬）あり」という完結性（完成）が見られる。

振り返れば、槐多の「四時」に於ける、〈森鷗外〉との遭遇そして境界については、従来十分な解明がなされたとは言えず、今後の更なる討尋が望まれる。槐多の扇を広げていくように展開された作画群も、扇の要としての槐多自身も、その立像としての曲疵や錯誤や遺漏が追認されれば、補訂の画筆が加わろう。正伝から隔絶した〈訛伝〉に終われば、泉下の槐多を失望させるだけである。村山槐多没後百年忌を迎える今、不十分ながら、〈森鷗外と村山槐多〉の縁辺を含め、その全体像に向けて懸隔を縮め、瑣末にも見えかねぬその〈もや〉を、画布の上からひとつずつ消却させてゆくほかないと思うばかりである。

1．母には愛なし

もう、随分前のことになる。丹尾安典早稲田大学教授から、「槐多拾遺抄」という「研究余滴」(「比較文学年誌」二十八号)のコピーをお送りいただいたことがあった。この中で槐多が荼毘に付される大正八年二月二十二日の「小杉放菴日記」(未刊行)について紹介されている。

午後水木、正綱［小杉未醒の弟子・山城正綱］と共に代々木の村山の寓に行く。今日火葬の日なればなり。空曇りて寒し。代々木の練兵場は始めて見る所なり。広くして西洋などにありげなり。(略)

村山の二間なる家には友人達、鼎君、母なる人、叔父なる人など集り居。自ら張りしやうなる無細工なる襖の前に彼の棺は置かれたり。襖には戯画短詩など彼一流に記されあり。おさわさん　なんで　おまへが　にくらがりよ　など、おさわさんは水木の細君の名なれどその人なりや他の人なりや。（略）
一昨夜の雨中深更電燈消えて寂寞に耐えず医師より絶体安静を制されたる病軀を起して彼は畠を越して山崎の寓に向ひつつ遂に畠の隅の枯草の中に仆《たお》れて三時間を経たりと云ふ。此の一事、彼の平常を語り性癖の赴く処余儀もなき次第ながら、未だ死すべくもあらざりしに死にたる直接原因となす。父に云ひ残すことなきやと山崎に問はれて、無しと云ひ、母には［と］問へば、母には愛なしと、その介抱の面前に答へ、柿の木七本、松三本とうわ言云ひつゝ、目を落したりとか。（傍線は佐々木、以下同）

引用を終えられたあと、こう続けられる。「「母には愛なし」のくだりを読んで、にわかに酔のさめてゆくのをおぼえた。しぜん酒宴も沈みがちとなるを機に、平明草廬を辞去。」と。

槐多が荼毘に付される日に小杉放菴が訪れたその家が、「代々幡町大字代々木千百十八番地」の鐘下山房である。ここに『東京府豊多摩郡誌』（大正五年、東京府豊多摩郡役所）という郡誌があり、この中で、槐多が最後の時を過ごした旧代々幡町の地勢についてこう書かれている。

即ち其の東南部は、丘岡連延起伏して、俗に代々木の九十九谷と称せらる、但［し］旧時代々木野と称したる辺りは御料地練兵場を始めとして平坦な台地相連り、林竹藪所在に散在す、近時高地は漸次開墾せられて、畑又は宅地と変じ、牧場を設くるもの亦た多し、渓間の低地は渓水を利用して水田開けたり。

鉄道も「京王電車線」（前出『郡誌』）がすでに開通していたが、小田急線はまだこの西郊の地まで開通していなかった。槐多の早逝した鐘下山房の「大字代々木千百十八番地」は村山槐多の戸籍謄本で、

〈大正八年貮月貮拾日午前貮時東京府豊多摩郡代々幡町大字代々木千百拾八番地ニ於テ死亡同届者村山たま届出同月貮拾壹日代々幡町長大久保猶平受附同年参月拾壹日送付〉

と上欄に確認できる。この共同生活の場は、地名に「ユートピア」を付し、近しい山崎省三、今関啓司、杉村鼎介、山本二郎らの友人たちも参集していたのである。特に山崎、今関は槐多とともに日本美術院における「三銃士」と呼ばれる間柄であった。

槐多は、すでに大正七年の詩の中で、

私は死を怖れない
私はもう死んでいるから
（略）一切は墓場の上の幻だ

私のやる事は
私の生は
みんなそれだ

と書いていた。他方、従兄山本鼎宛て書簡（大正七年十一月）では「僕のうちのとなりがポンプの小舎で高い火の見が立つて居ます。『半鐘の下の画かきさん』とすでに有名になりました、十二号の画を今日からやらうとして居ます」と、死の三ヵ月ほど前ながら、尚も作画への意欲を見せている。同年初めの日記（大正七年一月一日）にある「僕はデカダンスに飽きはてた」に呼応しているかのようである。

2. 帝国大学農科大学実科

この鼎宛て書簡で「うちのとなりがポンプの小舎で高い火の見」があったことが分かるが、前出『豊多摩郡誌』の代々幡町の「消防」の項には、消防組の場所が列挙されている。（第二部以下略）

大字代々木　第一部　組頭（小原平吉）　器具置場　大字代々木三百十二番地
　　　　　　第二部　　　　　　　　　　器具置場　大字代々木千百十九番地

右の「第二部　器具置場　大字代々木千百十九番地」は、「千百十八番地」のお隣にも見えるが、戦後人文社から復刻された『東京府豊多摩郡代々幡村全図』（明治四十四年七月。当時は、代々幡村）を広げて見れば、「千百十九番地」は小道を挟んだ「千百十八番地」のすぐ西の向かい側に位置していることが分かる。「となりがポンプ小舎で高い火の見が立つて居」たのはこの「千百十九番地」であろうか。ポンプ小舎には火事の際の消火用ポンプなどが収納されていたと思われ、大正五年槐多が訪ねた伊豆大島の差木地村ポンプ庫と同様である。

私は槐多のいた旧「大字代々木千百十八番地」（上原一－十あたり）を二十年ほど前に何度か訪れ、「上原一－十五」にお住まいだった故・田中広氏（平成十四年十月死去）から、火の見やぐらの位置を上方に指さしてお教えいただいたことがある。

それにしても、槐多は帝都から外れたこの西郊の地をなぜ終焉の地にしたのであろうか。振り返れば、「千百十八番地」の少し先には、槐多の父谷助が入学させようとしていた駒場農学校があった。農学校は山林学校と併合して東京農林学校となり、荏原郡上目黒村駒場野へ移転。明治二十三年帝国大学農科大学として統合された。

従って槐多の京都府立一中卒業時（大正三年春）には、同農科大学となっており、一足飛びに大学入学は不可能である。考えられるのは、入学資格は尋常中学校卒業程度で、明治三十一年に農科大学乙科が廃止となって発足した専門学校のような、〈帝国大学農科大学実科〉

ではないかと思われる（参考、天野郁夫『大学の誕生（上）帝国大学の時代』、二〇〇九年、中央公論新社）。帝国大学農科大学の前身駒場農学校は、農商務省の所管であり、槐多の両親もお世話になっていた漢学者で農商務省大臣陸奥宗光秘書官だった〈織田完之《かんし》〉も関係している。従兄の嶺田丘造の妻の父〈松原新之助〉は元駒場農学校教授。森鷗外のすぐ下の弟・森篤次郎（明治四十一年死去）もかつて同校の校医を務めたという縁がある。

岡崎生まれの織田完之（天保十三年九月～大正十二年一月）は明治九年九月、本籍を愛知県第十一区より、東京市牛込区払方町《はらいかたまち》九番地に移したが、大正四年十一月、槐多の両親が牛込区神楽町二丁目十二番地に上京するのは、織田宅から近かったためであろう。織田は槐多の母たまの父・山本良斎［戸籍では良才、種痘証では良齋、以下良斎］の盟友であり、谷助としても、農商務省に関係していた織田氏を媒介に槐多を堅固な生活者として歩ませたかったことであろう。しかしながら槐多は、従兄山本鼎の影響下にあり、父の意向に反して画業の道に進んだ。そして今代々幡の地に於いて、短世を余儀なくされていたのである。偶然かもしれないが、槐多は父の心慮を無にしたことへの贖罪の念を込めるかのように、父の深慮の象徴となる〈駒場野〉に近い代々幡を終焉の地としたことになる。私には槐多の、父谷助への恩愛を込めた謝罪の小声が聴こえてくるような気がするのである。

3．山本鼎と北原白秋妹の〈仲人〉森鷗外

大正七年の手紙にもどる。宛先人は山本鼎（明治十五年十月生）である。鼎は村山槐多の母・旧姓山本たま（三女）の上の姉（長女）たけと、鷗外の父・森静男の書生として代診を務めた山本一郎の間に生まれた一人息子であった。「明治二十年、母たけは六歳の鼎を連れて上京し、一郎と共に北千住に住んだ。しかし、一郎の書生としての収入だけでは妻子を養うことができなかった。たけは女中奉公して急場をしのいだ」と『岡崎の人物史』（昭和五十四年、同編集委員会）にはある。

親子の上京には「鼎が誕生したころ、知人の借金の保証人となった祖父山本良斎（医師）の家財に債権者の手が及び、山本家が窮地に追い込まれ（略）家財を処分した良斎は岡崎を離れ、東京へ転居した」という背景があった。「鼎の父一郎も良斎を追うようにして上京し、森鷗外の父静男宅に開業医の免状をとるために書生として住み込ん」でいたのである。

鼎は槐多より十四歳上である。大正七年の手紙の前年六年九月二十九日、北原白秋の妹・いゑ子（北原家三女、明治二十六年五月生）と結婚した（図録『山本鼎生誕一二〇年展』所収、前澤朋美作成「年譜」）。この年譜では触れられていないが、草野心平は『村山槐多』の中で、二人の仲人をしたのが〈森鷗外〉だったとしている。鷗外であったのは恐らくは、鼎の父山本一郎が森

静男の「書生」であり、母たけの「女中奉公」先が鷗外邸他だったからでもあろう。

　槐多も当日大正六年九月二十九日の日記に、「朝起きて田端へゆきいとこのうちへよる、今日は鼎さんのマリエージのある日だ」と書いているものの、仲人の森鷗外については触れていない。しかしながら、北原東代『白秋の水脈』には、当日の結婚披露宴の記念写真が収載されている。前列右端から、〈森鷗外〉、山本一郎・たけ夫妻、山本鼎・(旧姓北原)いゑ子、一人おいて左端に、〈北原白秋〉である。鷗外の左後ろには秋山家に入籍した、山本たまの兄で実質的長男の秋山力の姿も見える。

　前列の山本たけは、やはり「娘時代には鷗外家で働いて」おり(北原氏前掲書)、穂積陳重《むねしげ》宅にも出向いた。森鷗外がミュンヘンで知り合った画家・原田直次郎が「森家で美貌の山本タケを見かけ、モデルに頼んだ」(小崎軍司『山本鼎評伝』)のは、第三回内国勧業博覧会出品の油彩《騎龍観音》(明治二十三年)を制作するためであった。

　鷗外は「原田直次郎」(『妄人妄語』所収)の中で「騎竜の観音は徒《いたづ》らに外山正一《まさかず》氏の冷罵に逢つたのみで、後には寺院に寄附せられた。」とあるが、寺院とは文京区にある真言宗護国寺のことである。現役当時の私の仕事場はその近くにあり、昼休みに護国寺入って右手の受付から奥に進むと、薄暗い空間に原寸大ぐらいの《騎龍観音》の複製が立てかけられていたことが思い出される。

　当時は、その大作画面の観音モデルが槐多の母の姉たけであることには気づかず、この寺院から池袋寄りにある雑司ケ谷霊園の槐多墓に向かったものである。墓石は槐多の水彩《カンナと少女》を有島武郎が買い取った「金百円」で作られたもので、武郎はのちに麹町の自邸に飾ることになる。

鷗外は右の文で、「原田が神奈川県橘樹郡子安村の草蘆に移つて病を養ふといふ事になつた時」とも書いているが、村山槐多が生まれたとされる神奈川町は、明治二十九年当時には横浜市ではなく、鷗外の言う「神奈川県橘樹郡」であった。明治二十二年に横浜市が誕生し、橘樹郡《たちばなぐん》が同市に組み込まれて、「横浜市神奈川町」となるのは明治三十四年である。

鷗外の盟友原田直次郎のモデルをした山本たけのすぐ下の弟・秋山力はかつて鷗外の父森静男の橘井堂《きっせいどう》医院薬局につとめながら勉学し、のち教員になった。再度確認すれば、槐多の母の兄弟姉妹（上から、山本初雄［五歳で死去］、たけ、秋山力［実質的長男］、名不詳、たづ、たま、秀雄、ひさ、競《きそふ》）のうち、〈たけ、力、たま、たけの夫・一郎、その息子・鼎〉が森家に出向き、また出入りした。それほど槐多周辺と鷗外のつながりは深かったのである。次女の山本たづについては未詳であったが、鷗外の母・峰の日記（明治三十八年九月六日）にはこうある。

山本一郎の細〈君〉［たけ］の妹たつ子と申〈す〉人あり。たまの姉なり。其人の壹人《ひとり》息子［嶺田丘造］がこの度、高等学校に入学致〈し〉其れを連［れ］て一郎の家内［たけ］と、其おたつと両人参り候て昼迄色々の話をし午後にかへる」（山崎國紀『増補版　森鷗外・母の日記』所収）

山本一郎の妻・たけと、その妹でたまの姉・たづ（田鶴。文面ではたつ子、おたつ）が、一人息子の嶺田丘造を連れて、一高入学の挨拶に、森峰のもとを訪ねたというわけである。ここで「たつ子と申〈す〉人」と述べられ、峰にとって、たづは初対面であったこと、つまり森家には出向かなかったことが分かる。恐らくは、岡崎で石工業を継がず税務署員だった嶺田久五郎（昭和十六年当時、八十三歳。安政五年生まれか）と早くに結ばれたためであろう。また、この文でその子嶺田丘造は一人息子だったことも判明した。

然しながら、鷗外も槐多も、これらのことには触れていない。そのために従来、鷗外と槐多縁辺については光が当てられず見落とされがちだったのは当然であった。

4．槐多は神奈川でうぶ声をあげ

槐多には、山本鼎以外にもう一人の従兄がいた。長女山本たけと三女たまの間の次女・山本たづと嶺田久五郎の子で、右に述べた〈嶺田丘造〉である。一高・東大へと進学し、文官高等〔高等文官〕試験「合格證書」（嶺田芳子『愉しかりしわが生涯』所収、注、芳子氏は丘造夫人）の写真が残されている。

第壹四號　　合格證書　　嶺田丘造　　明治二十年九月生
文官高等試験各科目ノ考試ヲ経テ及第シタリ（略）
明治四十四年十一月六日

証書から「嶺田丘造　明治二十年九月生」と見える。山本鼎より五歳下で、ふたりは兄弟のように仲が良かったという。以下、丘造の履歴を略記しておこう。

明治二十年九月　　愛知県額田郡岡崎町裏町に生まれる。
明治三十八年三月　　愛知県立第二中学校卒業。九月、第一高等学校独法入学。六日、鷗外観潮楼を山本たけ、母たづと訪問、鷗外の母峰と会う。
明治四十五年七月　　東京帝国大学独法卒業。その後大蔵省へ。
大正二年十一月　　農商務省大臣陸奥宗光秘書官だった織田完之《かんし》が、農商務省の管轄だった水産講習所長・松原新之助（嘉永六年生まれ、明治十四年七月、駒場農学校教授に）の三女で東京女高師卒の松原芳（子）との縁談をまとめる。
大正三年一月十七日　　赤坂星ケ岡茶寮で挙式。仲人は穂積陳重《むねしげ》博士夫妻。結婚式の記念写真には、前列に穂積陳重夫妻、阪谷芳郎夫妻、後列に織田完之、嶺田久五郎・たづ夫妻、秋山力らの姿が見える。

大正四年二月一日　雪の日に、長女・嶺田雪子生まれる。七月三十一日、東京税務監督局の経理部長に任命。（以下、略）

従兄・嶺田丘造は戦後も健在で、昭和五十一年十一月三十日に老衰のために亡くなったが（前掲、嶺田芳子著参照）、幸いにも村山槐多についての二本の回想を残している。まず、①「山本鼎と村山槐多」（「学友・第六号」所収、愛知県立岡崎高校、昭和三十八年三月）から見てみる。

鼎は岡崎で生れ槐多は神奈川でうぶ声をあげ、ともに、芸術的才能を発揮しましたが、（略）考えてみると、芸術的傾向は祖父山本良斎に負うところが多いようです。山本良斎は幡豆《はず》郡野崎あたり［永野村になる合併前の村名］の出身で、曽祖父［山本泰翁］も武士を捨てて、医師をやっていたようです。［泰翁長男の］良斎は若きとき、志を立てて、京都に医術の勉強にゆき、傍ら当時京都で活動していた維新の志士と交わり、殊に木戸孝允《たかよし》とは、深き交わりを結んだようです。良斎は、梅田雲浜《うんぴん》が捕縛されたとき、その家に居合わせ、身の危険を感じて岡崎に帰り、医を開業したようです。歌人蓮月［大田垣蓮月］とは親しくしていたものらしく、良斎宅には、沢山の手紙や蓮月手製の急須などもありました。（略）

山本良斎は岡崎に腰をすえて医業にはげんだ結果、相当有福《ママ》となり、山本梅荘（当時半郎）

など画家、長唄の杵屋六左ェ門［江戸長唄の家元。丘造長女・雪子氏のお話では杵屋佐七］、詩人など泊り込んで、遊んでいたようです。呑気な時代だったのですナア。（略）

村山槐多は、父村山谷助が、神奈川で学校の先生をしていた当時、神奈川で生れましたが、谷助が土佐（高知）の海南中学［現在の高知県立高知小津高校］の教師に転任したとき、母タマと岡崎にきて、永く私の家におりました。村山の籍が、私の家にあったのは、これが原因で［す］。（略）

私の一族［嶺田一族］は、三百年ほど前に、作手《つくで》の松平［三河作手藩の松平家・松平忠明］から岡崎に出たようです。私も生れ落ちる［時］から中学を卒業するまで、つまり明治三十九年まで［明治三十八年九月、一高入学上京］岡崎におり、両親も岡崎で生れ、昭和七年まで岡崎におりました。ほんとになつかしい郷里です。

と述べ、槐多が「神奈川で生れ」たこと、「村山の籍［分家後の本籍］が、私の家にあった」その由縁についての証言がなされている。この中の「山本梅荘など〈画家〉、〈長唄〉の杵屋六左ェ門、〈詩人〉など泊り込んで」という箇所からは、村山槐多に於ける〈画家〉〈長唄（槐多は端唄、母は三絃に長唄）〉〈詩人〉と重なり、穿った見方をすれば、槐多の生の軌跡とは、母方の祖父山本良斎への〈先祖返り〉そのものとしても窺えるものがある。

三重・福島両県立美術館での開催時の『生誕１００年 村山槐多展図録』（一九九七年）には、

嶺田丘造の父〈嶺田久五郎・たづ宛〉に出された槐多の賀状（図録ｐ１０１所収、「大正六年十二月三十一日」の消印）が見える。住所は、

★〈愛知縣岡崎市裏町乙三十一番戸〉

となっている。この賀状は、のちの岡崎市美術博物館での『村山槐多の全貌展』図録（平成二十三年）には収録されていない。

私は、虫の知らせというのか、村山太郎氏（大正十五年十二月一日生）が亡くなられる平成二十七年四月十二日の少し前、お願いして槐多一家と山形の村山家の戸籍謄本を複写させていただいた。前者の村山槐多の戸籍謄本（岡崎市役所発行）には冒頭に槐多の本籍地として、父谷助の分家先、

★〈愛知縣額田郡岡崎町大字裏町乙三拾壱番戸〔三十一番戸〕〉

が記載されていたが、右記の年賀状では嶺田久五郎の住所が「岡崎市」となり、「額田郡岡崎町」からの改変が見られるものの、番地は〈同一〉の「裏町乙三十一番戸」である。右の「大正六年十二月三十一日消印」の槐多の賀状は、嶺田久五郎夫妻の住所が正しく「裏町乙三十一番戸」と記載された唯一の事例かもしれぬ葉書である。丘造のいう「両親も岡崎に生れ、昭和七年まで岡崎に」いたのは、この住所である。

草野心平『村山槐多』(昭和五十一年)所収の「村山槐多年譜」の「明治三十年」にも、

当時岡崎町には、たまの次姉たづ(田鶴)が嫁いでいた嶺田家があり、たまと槐多は嶺田家の隣家・愛知県額田郡岡崎町大字裏町三十一番戸乙(明治二十九年九月三日付で、谷助、たま、槐多入籍)に寄留する。

とあり、明治三十年槐多親子の寄留先は「嶺田家の隣家」と明示されている。丘造が「村山の籍が、私の家にあった」と言う通り、「私の家」こと父嶺田久五郎家の敷地が「裏町乙三十一番戸」(草野著年譜の表記では「裏町三十一番戸乙」)だったことになる。嶺田久五郎は石工業者〈五代嶺田久七〉の二男で、長男は嶺田茂三郎といい岡崎石匠組合の創立者〈六代久七〉となった。従って後出、名古屋の親族氏の祖父になるという〈嶺田久七〉は六代久七ではなく、七代久七のことになる。七代は六代の弟子だったかもしれず、血縁かどうかは不明である。代々の〈嶺田久七〉を整理しておこう。(『岡崎の人物史』所収、「嶺田久七」「山本鼎」の項参照)

五代嶺田久七　(幼名幾次郎、文政九年~明治十五年)　長男が茂三郎で六代となる。

六代嶺田久七　(幼名茂三郎、嘉永四年~明治三十二年)　弟が嶺田久五郎で税務署員となり、槐多の母の次姉たづと結婚。その一人息子が嶺田丘造。

七代嶺田久七（幼名準之助、明治三年～四十五年）妻はかい。子はなく、八代俊雄・花子と続き、名古屋の親族・嶺田久三氏は八代の子である。

「嶺田家の隣家」という具体的叙述は、恐らくは草野著出版年の昭和五十一年十一月末まで健在だった嶺田丘造（前掲、嶺田芳子著による）からの聞き取りによるものであろう。巻末にも「村山太郎、嶺田丘造（略）このように多方面の方々の御教示を得た」という著者「覚え書」が添えられている。

5. 嶺田家の〈小さな平屋〉とゆすら梅

昭和五十一年に亡くなった嶺田丘造には時すでに遅く、お会いする機会を逸したが、幸いにも、都内在住だった丘造長女・嶺田雪子さん（現在の安否は不明）からは、ご自宅でお話を録音させていただいている。雪子さんは「うたかたの記」（前掲『愉しかりしわが生涯』所収）という文も残されており、母堂芳子氏の著書『愉しかりしわが生涯』は当時、帰り際に雪子さんよりいただいたものである。表紙の版画は村山太郎氏による《迦陵頻画》で、雪子さんはこう回想されている。

名古屋に引越してから［父嶺田丘造は大正九年十月三十日、名古屋の直税部長に任命され、転勤となる］、東白壁小学校に入学し、ここには一学期だけで父がドイツに出張する事になった為、我我《ママ》家族は岡崎の祖父母［丘造の両親、嶺田久五郎・たづ］の家に住む事になる。右隣がポンプ屋さん、お向いがおせんべいやさんその隣がパンやさんで、あとは石屋さん計《ばか》り並んでゐて、家々の前も道路も花崗岩の粉でまっ白く、石屋さんの前には美事に出来上った、石塔だの五重の塔や燈籠等が並べて置いてあり、（略）祖父の家は通りに面した二階屋と、中庭をはさんで裏の方に父［嶺田丘造］の勉強部屋であった小さな平屋があり、我我はその平屋の住人となる。（略）

中庭の西側には大きな赤松があって、その根元に砂の山があり、生姜だのところ芋等は、何時もその砂の中に埋めて保存されてゐた。そのわきに祖母の大好きなゆすら梅が茂ってゐたが、之は今も中井の家の庭で毎年可憐な花をつけ、まっ赤な美しくおいしい実を実らせてゐる。ひょっとしたらこの木は良斉《ママ》さんの家にあったものかも知れないと想像される程、祖母が愛着を抱いてゐた木である。

家の表の通りに面した部屋は、細かい縦格子で道路に接し、この部屋で祖母が多勢の娘さん達にお針（裁縫のこと）を教えてゐた。早くに税務署をやめた祖父は一日中ブンブンブンブンと蜂のような音を立てて新聞を読んでゐて、子供が口をきける様な相手では無かった。

ここには雪子さんによる祖父母、嶺田丘五郎・たづ夫妻宅の当時の鮮明な記憶が活写されている。中庭には「大きな赤松」があり、その根元の「砂の山」の脇にあったという「ゆすら梅」はバラ科の落葉低木で高さ三メートルほどだというが、山本良斎が破産して上京する明治十年代あたりに、移植されたものではないか、とされるのである。もしそうなら、少なくともこの文が回想する大正九年頃までの間、「ゆすら梅」は久五郎家の中庭にあったことになる。

一方、嶺田家は「通りに面した二階家」で、裏のほうに父・丘造がかつて勉強部屋とした〈小さな平屋〉があったのだという。丘造は、明治三十八年三月、愛知二中を卒業し、同年九月第一高等学校への入学を果たすから、その頃までこの〈小さな平屋〉を使用していたのであろう。「早くに税務署をやめた祖父」からすれば、生活の上でこの〈小さな平屋〉は明治三十年前後には家作（貸家）だったのかもしれない。昭和十六年当時の写真裏書によれば、久五郎は八十三歳だったというから、逆算すると明治三十年頃は四十四歳ぐらいである。すでに税務署を退職していたとも考えられる。そうした弟久五郎のために兄の六代久七が貸家として建てて与えたことは充分考えられる。

草野著年譜にある「嶺田家の隣家」は、雪子さんの回想によれば、「右隣がポンプ屋さん」で、左隣は見当たらないためか記載はない。想像をめぐらせば、槐多親子が明治三十年逗留した「嶺田家の隣家」とは、左右両隣のいずれかではなく、裏側にあったこの〈小さな平屋〉のことだったのではないか。寄留当時〈小さな平屋〉が空家だったとすれば、十歳の丘造は母屋に父母といたはずである。雪子さんも「我我はその平屋の住人となる」と述べるように、「我我」が「住人となな」れるほどの広さの〈小さな平屋〉だったのである。

この裏手の〈小さな平屋〉が谷助の分家先となったとすれば、槐多の本籍地が嶺田久五郎家の母屋である「二階屋」と番地が〈同一〉になるのは当然である。事実として、この〈小さな平屋〉で槐多が産声を上げたのであれば、隣接する母屋に居住していた、たまの次姉・たづや夫の久五郎、九歳の丘造らが気づくのは自然の成り行きであろう。しかしながら、槐多の従兄嶺田丘造はそうした記述を残してはいない。

6. 本籍地とは住所地である

故・村山太郎氏からの茶封筒には、ご好意で村山谷助の「山形の戸籍謄本」も同封されていたが、谷助は次男で「明治元年正月十五日生」。谷助の項の上欄にも、やはり、
〈明治二十九年九月三日　愛知縣額田郡岡崎町大字裏町乙三十一番戸エ分家ス〉
と、嶺田久五郎の住所である分家先（「嶺田家の隣家」）が記入されていた。「槐多の戸籍謄本」の谷助の項では詳細に次のように記載されている。（p34参照）

〈明治二十九年九月三日山形縣飽海郡酒田町下内匠町士族村山幸太弟父勝平二男分家ス〉

「勝平二男」が谷助である。山形県の士族の生まれであることが分かる。一方、妻になる山本たまのほうの戸籍謄本では、「明治九年八月一日生」の上欄右に、「明治二十二年十月二十八日父良才ニ従ヒ分家ス」とあり、父「良才」（種痘証では良齋）の項を見ると、

〈明治二十二年十月二十八日　当縣額田郡岡崎町大字裏［町］貳拾五番戸へ分家ス〉

となっている。谷助の分家先「裏町乙三十一番戸」と山本たまの明治二十二年当時の分家先「裏町二十五番戸」は比較的近かったのかもしれないが、経済的に逼迫した明治十年代後半ごろであろうか、山本良斎は家財を処分し一家は上京していた。上京後、森静男・鷗外家への出向がそれぞれ始まるわけである。もう一度槐多の戸籍謄本を見ると、母たまの項の上欄に、

〈明治二十九年九月三日當町同大字平民山本秀雄姉亡父良才三女入籍ス〉

とあり、「九月三日」に入籍し、「亡父良才」とあるから、明治二十九年時点での山本良斎の死亡が確認できる。その左欄下段に村山槐多の、

〈明治二十九年九月十五日生㊞〉

という出生年月日が見えるわけである。上欄には出生場所の記入はない。死亡地のみの記載である。この記載が槐多の出生における唯一の記録という。しかしながら、この「出生年月日」の記

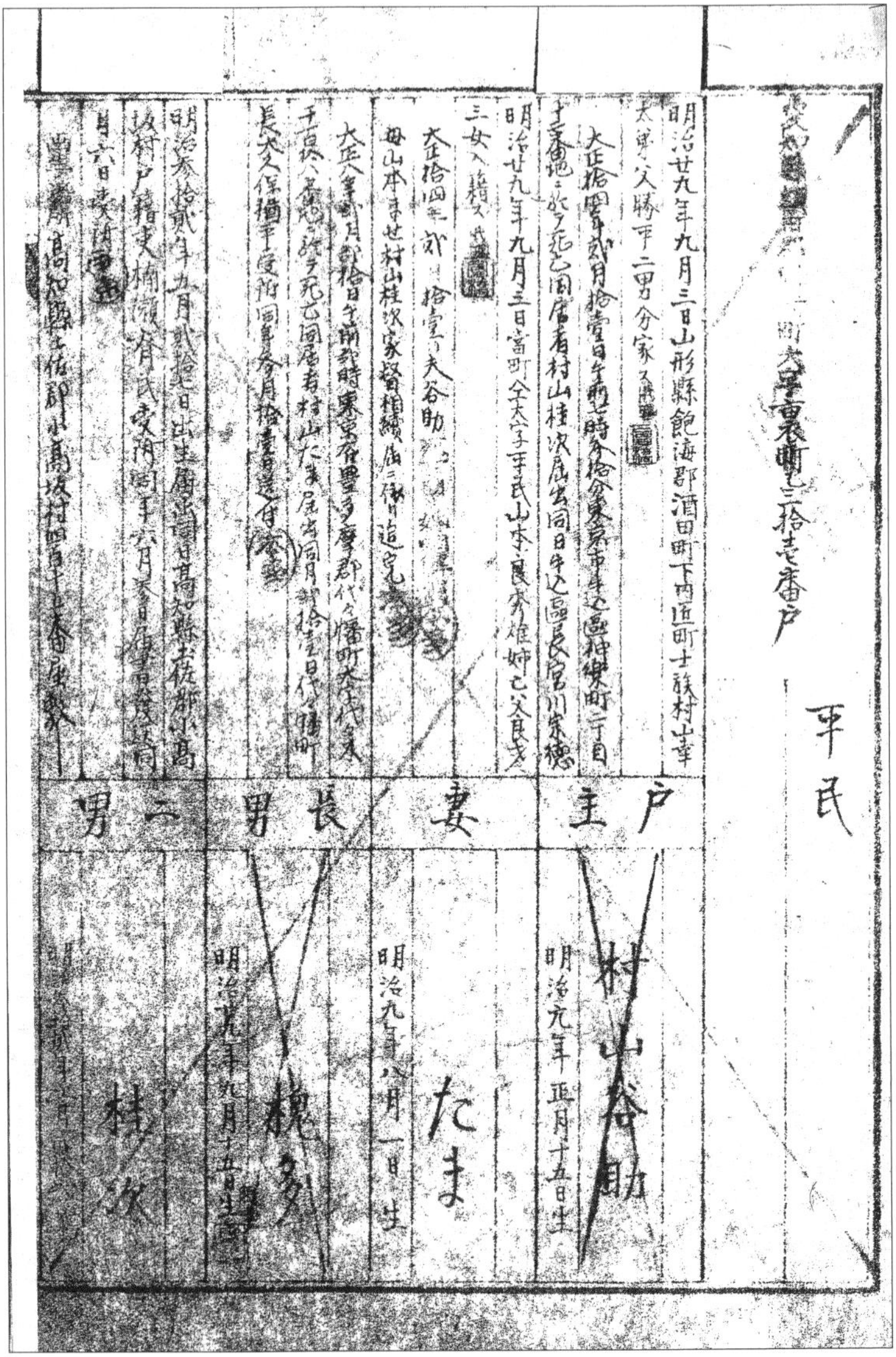

村山槐多の戸籍謄本（部分）（岡崎市役所、昭和48年発行）

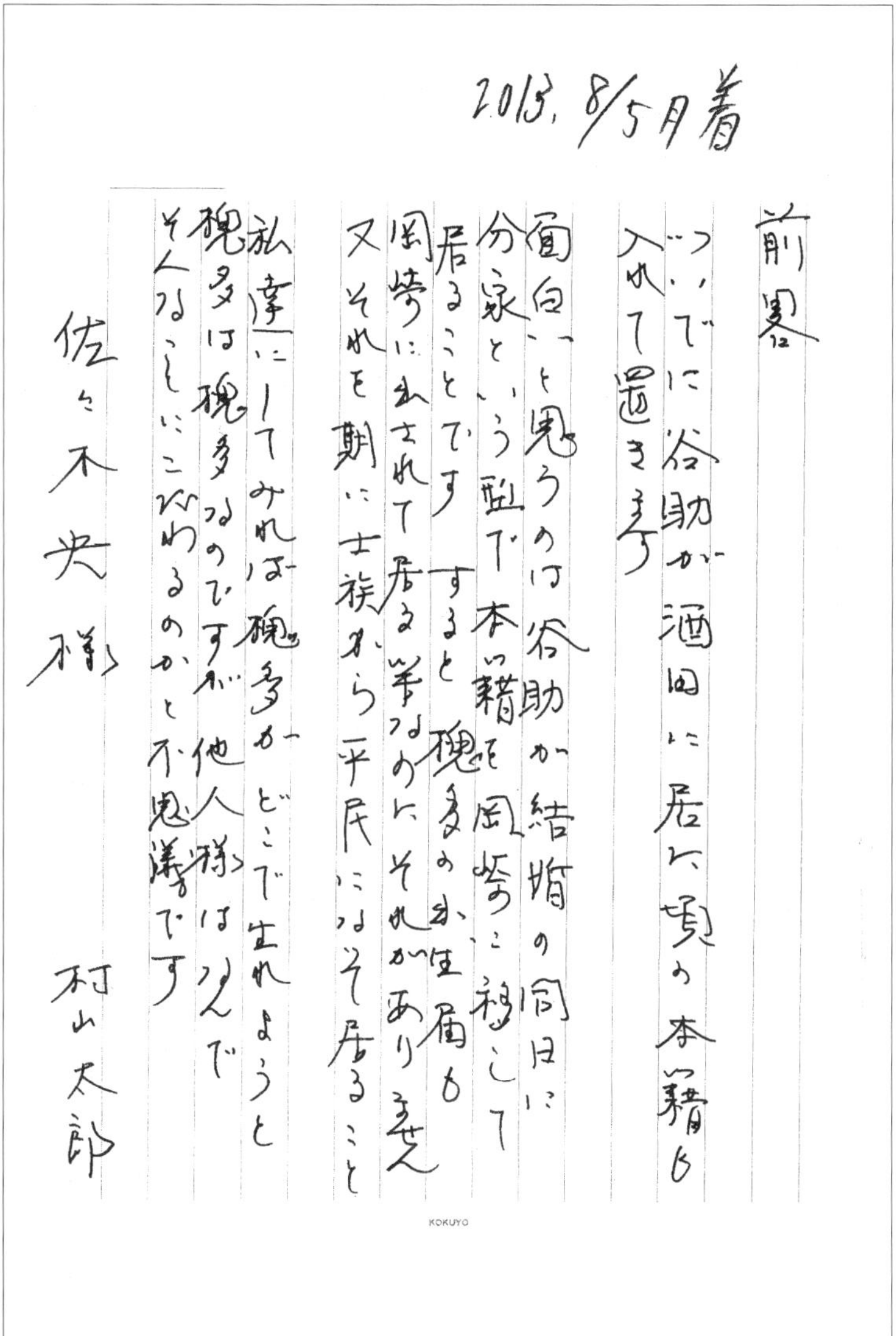
2013.8/5月着

前略
ついでに谷助が酒田に居た頃の本籍も
入れて置きます
面白いと思うのは谷助が結婚の同日に
分家という形で本籍を岡崎に移して
居ることです すると槐多の出生届も
岡崎に出されて居る筈なのにそれがありません
又それを期に士族から平民になって居ること
私達にしてみれば槐多がどこで生れようと
槐多は槐多なのですが他人様はなんで
そんなことにこだわるのかと不思議です
村山太郎
佐々木央様

故・村山太郎氏より添付されていた手紙（2013年8月5日着）

載と「岡崎裏町乙三十一番戸」の「本籍地」記載（分家先）を結び合わせ、「槐多の出生地は〈愛知県額田郡岡崎町大字裏町乙三十一番戸〉と届けられているが、これは嶺田久七の所有する土地であった」（村松和明『引き裂かれた絵の真相　夭折の天才村山槐多の謎』、ｐ１５６、二〇一三年、講談社）

と叙述される。「出生地」が「届けられて」とあるが、これは、「本籍地」＝「出生地」という前提に基づいたためであろう。右記における「嶺田久七の所有する土地」とは八代俊雄・花子の親とされる七代嶺田久七（明治三年～四十五年）の「所有する土地」ではない。槐多生誕の明治二十九年当時は久五郎の兄・六代嶺田久七（明治三十二年没）が健在していたのであり、「六代久七の所有する土地」と解すべきである。

井戸まさえ『日本の無戸籍者』（二〇一七年、岩波書店）では、明治期の戸籍について、「明治五年壬申戸籍」→「明治十九年式戸籍」→「明治三十一年式戸籍」へと「三回バージョンアップ」がなされたとし、「よもや戸籍がパソコンソフトのようにバージョンアップされ、その度にそれまでの戸籍は過去ファイルとして保存され、立ち上がった時には最新バージョンでの表記になっているとは思いもしないのではないだろうか」と注意を促す。

槐多生誕時に該当する二番目の「明治十九年式戸籍」についても、「現在公開されている最も古い書式の戸籍である。屋敷番制度を改め地番制度を採用していること、またこれより『除籍制度』が開始されたこと、家の単位に、戸主を中心としてその直系・傍系の親族をひとつの戸籍に記載することなどが特徴になっている。ここに『本籍地』が誕生する。」とし、「本籍地」なるものの誕生を告げている。

同書ｐ80には、「戸籍の編製（ママ）単位は「戸」で行ない、本籍は「住所地」であった。身分とともに住所の登録を行なった点では、現在の住民票の役割も担っていたのだ。」と書かれている。本籍地は必ずしも「生誕地」ではなく、「住所地」であったのである。つまり、岡崎町大字裏町乙三十一番戸は父谷助の神奈川から高知赴任への途中の「住所地」にすぎなかったことになる。故・村山太郎氏から亡くなる二年前にいただいたお手紙（平成二十五年八月五日拝受）にもこうある。

〈面白いと思うのは谷助が結婚の同日に分家という型（ママ）で本籍を岡崎に移して居ることですすると槐多の出生届も岡崎に出されて居る筈なのにそれがありません　又それを期に士族から平民になって居ること〉（ｐ35参照）

確かに二男・村山桂次の項の上欄には、以下の様に「出生場所」が明記されている。
〈明治参拾貳年五月貳拾七日出生届出同日高知縣土佐郡小高坂村戸籍吏楠瀬斉氏受附同年六月参日届書発送同月六日受済　出生場所　高知縣土佐郡小高坂村四百十五番屋敷〉
となっており、長男槐多の上欄は前述通り死亡場所のみである。一方、太郎氏の手紙文末の「それを期に士族から平民になって居ること」とは何を意味するのであろうか。お断りするまでもないが、太郎氏にも引用者の私にも当時の「身分」表記への肯定的意図はない。山形の「士族」の血をひく谷助は分家の長になりながらも、裕福な妻方の提供を享受したために、そのステイタスに自らを同化させ、謝意を表明したのだとも受け取れるのである。

山本たまは明治二十九年九月三日入籍し、村山家として「裏町乙三十一番戸」に同日九月三日分家したと思われるが、草野著「槐多の系譜」では、分家は「山本たまとの結婚後」とある。結婚後しばらくの間入籍しなかったことも考えられる。しかしながら、この九月三日の時点に於いては、書類上のみの入籍・分家かもしれず、槐多は未入籍の頃に、「神奈川県橘樹郡神奈川町」で生まれていたという可能性も否定できない。取って付けたような九月十五日なる槐多生誕日も同様に仮構である余地を残すものである。

槐多の大正七年の詩にもこうある。

どこで生れ
いつ生れ
どうそだつたか
その一瞬すつかりそれを忘れる
わたしはまつたく忘れてしまふ

その時私はやつと息をつく
始めて生きる

「どこで生れ」「いつ生れ」たかを「忘れてしまふ」時「始めて生きる」のだという。これはなんらかの理由で自らの出生を抹消したいという願望の現われなのであろうか。膽本によれば、母たまの父良斎も〈分家〉したし、父谷助のすぐ下の弟・庭橋《ていきつ》（のち貞一）も、後年〈分家〉届けを出している。当時としても分家は特別なことではなかったことが分かる。分家とは、「家族の一員が、その家を離れて、別に一家をたてること。またそのたてた家」（「地方凡例録」一七九四年）のことである。明治三十一年の民法七四三条には「家族は戸主の同意あるときは他家を相続し、分家を為し」（小学館『日本国語大辞典』）とある。

神尾行三『父有島武郎と私』（一九九七年、右文書院）の中には、こんなやりとりが見える。「夫人　なんか分家は［先祖代々のお墓に］入れないんですって」「三武　そのようですね。次男以下は自分で家をつくらないといけませんからね」。村山谷助は、まさしく父勝平の二男であり、実家を継げず分家せざるを得なかったわけである。

明治二十九年九月三日に村山谷助の従来の山形の村山家本籍地から独立しての分家届（本籍地変更）は出されたものの、新説のように「横浜から帰郷したたまが、嶺田家の貸家に移り住んで、親戚の力を借りながら出産の準備をしたのが槐多出生の二週間前」（村松氏著、ｐ１５６）という想像はできるが、確証はない。

7．鷗外が笑愛した〈横浜時代の赤ン坊〉

槐多生誕から一ヵ月後の明治二十九年十月十五日、村山谷助は明治二十七年六月から奉職した神奈川尋常小学校を依願退職した。新説によると、前述のように妻・たまは村山の分家した岡崎の地に先行して槐多を出産し、十月谷助が遅れて到着したのだという推論である。しかしながら、槐多の〈出産〉と〈分家〉は交差した同期的《シンクロ》なものだったのであろうか。

嶺田丘造の前掲文に沿えば、村山母子が初めて岡崎の「嶺田家の隣家」つまり「裏町乙三十一番戸」を訪れたのは、谷助の高知赴任に伴う翌明治三十年七月である。谷助の高知赴任の遠因は不明だが、横浜の神奈川尋常高等〈小学校〉を退職し、土佐の私立〈中学校〉海南学校地誌科教員への〈昇格的〉かつ〈遠隔的〉異動のことを指す。当時は中学校といっても五年制であり、教育水準は現在の〈高校〉程度にあたる。そう考えれば、父村山谷助の明治二十九年十月十五日から翌年七月八日までの空白とは、槐多の生後間もない揺籃期でもあったし、〈専門的な地誌科中学教員〉への、あるいは初めての〈異郷高知〉転勤への準備期間でもあったはずである。奇しくも〈生後〉と〈転勤〉が重なっている。

谷助は山形の村山家から独立して分家した家長として、神奈川町の恐らくは長屋のようなたたずまいから、貸家ながらも一軒家へ。また昇格した中学教員としての、あるいは槐多の生育環境を考慮する上での、いわば基盤固めを始動していたであろう。そのためにも、岡崎町裏町乙三十一番戸の嶺田久五郎家は妻・たまの次姉たづの嫁ぎ先でもあり、頼りになる「渡りに船」となる場所であった。

嶺田丘造の回想は明治三十年、嶺田家の隣家に滞留した嬰児槐多を抱えた村山親子を初めて見た、〈丘造十歳〉の記憶である。嶺田丘造が「槐多は神奈川でうぶ声をあげ」（前掲「山本鼎と村山槐多」）と書いていたことは、槐多の弟・桂次の回想「槐ちゃん」文中の、「森鷗外先生から（略）笑愛された横浜時代の赤ン坊」（文末に「一九二五、二」、初出「アトリヱ」大正十四年三月号所収、アトリヱ社、後出『村山槐多全画集』所収、昭和五十八年、朝日新聞社）ともども、槐多に最も近い血縁の実弟・従兄による証言であった。

従来の『村山槐多遺作展覧会目録』（大正八年）所収の「村山槐多略伝」（六十九頁、山崎省三、今関啓司、作成）冒頭を嚆矢とする出生表記「横浜市神奈川町に長男として生る。（父の在職地）」も、槐多とは最も近い美術院の「三銃士」と呼ばれた山崎省三と今関啓司の手になるものである。

とりわけ仏《ほとけ》の山崎省三は最も親和した親友中の親友であった。

最も槐多と近しい三者、①従兄嶺田丘造、②実弟村山桂次、③槐多と一心同体のごとき山崎省三らが、それぞれ同じく神奈川生まれ（横浜生まれ）だと同定していたのである。

8．槐多は〈久七の貸家〉で生まれたか

槐多の岡崎出生説が急浮上したのは、岡崎で大規模に開催された「村山槐多の全貌展」（平成二十三年から二十四年）当時であった。槐多が没して九十二年、戦後六十六年の頃である。当時「中日新聞」（名古屋）の平成二十三年十二月二日（金）の朝刊、愛知総合版・〈二十一面〉には、

〈画家村山槐多は岡崎出身〉〈「横浜生まれ」定説覆す〉〈親族に聞き取り「地元の誇り」〉

という大きな見出しが躍る記事が現れた。その中で記者は、「親族の証言から（略）槐多の出生届が岡崎市に出されていたことも市役所に残る資料で確認できた」とし、学芸員の談話として「山本鼎とともに槐多も岡崎生まれだったことは地元の誇り」という記事を載せていたのである。岡崎では、「地元の誇り」となって賞賛と感嘆で高潮したかもしれないが、何か醒めていた記憶がある。記者の言う「市役所に残る資料」も、目新しいものではなく、村山太郎氏からお借りした前述の岡崎市役所発行の戸籍謄本「原本」のことであった。戸籍謄本の最後の頁にも、

この謄本は、除籍の原本と相違ないことを認証する。
昭和四拾八年四月弐日
愛知県岡崎市長　内田喜久　㊞

とあり、「原本と相違ない」と認証されている。三行にわたるスタンプと四角い印が押され、太郎氏にしてみれば、四十年以上前から旧知の謄本であった。記者は「出生届が岡崎市に出されていた」としたものの、前述の故・村山太郎氏の手紙にも〈槐多の出生届も岡崎に出されている筈なのにそれがありません。〉とあるように、戸籍謄本には槐多の死亡地のみで出生場所の記載はなく、分家先の〈本籍地〉をもって〈出生地〉だとしたものであろう。

「中日新聞」記事中に見える親族とは、名古屋在住の嶺田久三氏（昭和八年生）のことで、故・杉浦兼次著『三河の句歌人』（平成十一年、愛知県郷土資料刊行会）収録の冒頭文「槐多の在籍地」にすでに登場されており、初めて知るお名前ではなかった。というのも、以前岡崎市在住のF氏から同書をお送りいただいていた。あれから十数年経って、再びその親族が現れたのである。

著者の杉浦氏はこの親族について、「嶺田久五郎の兄・久七（著名な石工）の孫で（略）名門・嶺田ファミリーの一員である。」と紹介しているが、誤りで、前述のように「久五郎の兄・久七」

は石工の「六代久七」である。親族は「八代俊雄・花子」の子であるから、その親「七代久七・かい」の「孫」であり、「久五郎の兄・久七の孫」ではない。しかも、七代には子はいなかったのである。親族は杉浦氏に対し、「あなたは真面目な人のようだから、今まで誰にも話さなかったことを言いましょう。槐多の家は現在の場所でいうと、ほぼ〈岡崎市花崗《みかげ》町一丁目一番地〉です。あなたとは、そのうち会う機会があるでしょう」と言い残されてのち、しばらくして著者の杉浦氏は急逝されるのである。

同書の中で（平成十一年当時）、親族は「槐多の家」は「ほぼ岡崎市花崗町一丁目一番地」とされ、私は在籍地だと解したが、当時はその地を誕生地と明言されなかったためである。

ところが、のちに親族は、祖母のカイ（七代嶺田久七の妻、昭和二十一年没）による、槐多の出生は岡崎裏町だとの証言を以下のように初めて提示されるのである（参照、村松和明『引き裂かれた絵の真相　夭折の天才村山槐多の謎』、二〇一三年、講談社）。

日本中の石工の大きな仕事を任されて裕福であった祖父（嶺田久七）だったが、山本鼎が渡欧費用を援助して欲しいと申し出た折は断ったといいます。でも、小遣いや絵具代くらいは与えていたようで、槐多が生まれるときには、空き家の古家を村山谷助にしばらくの間貸していました。そのことは、祖母（久七の妻）の名が「カイ」（一八七八年～一九四六年）だったことから「カイが槐に貸した」と嶺田家では後まで言われてきました。

第二次世界大戦の岡崎の空襲で、嶺田家もその広い敷地ごと丸焼けになりました。それで、祖母のカイ、母の花子、当時中学生であった私の三代で、岡崎市菅生町の満性寺に寄宿させてもらいました。そこで私は、カイ祖母さんから直接「槐多という画家が裏町の自分の家で生まれた」と聞きました。それは今でもはっきりと覚えています。やはり珍しい名前の「カイ」が「槐」は自分の家で生まれた、といったのが印象深かったのだと思います。母の花子も、槐多の話に及ぶと「槐多は嶺田家の家で生まれた」と言っていました。（村松氏前掲書、p158－p159）

村山槐多岡崎出生説誕生の最も重要な根拠となる親族の証言全文である。まず、親族の「祖父（嶺田久七）」が「槐多が生まれるとき」に「空き家の古家」を「貸していました」というところから見ていこう。文中に「祖母のカイ、母の花子」とあるから、「祖父（嶺田久七）」とは、カイの夫の七代嶺田久七である。しかしながら、「槐多が生まれるとき」は明治二十九年九月であり、当時は、嶺田久五郎の兄・六代嶺田久七が存命していて、明治三十二年没である。七代襲名は六代の死後である。従って、「カイが槐に貸した」（p159）という証言も音韻の共通性から説得的なお話ではあるけれども、ありえない話である。

親族の祖父七代嶺田久七は「山本鼎が渡欧費用を援助して欲しいと申し出た折は断った」というのはその通りで、鼎のパリより両親宛て手紙（大正二年二月二日）にも「常日頃我等一家を馬鹿にする嶺田氏に借金申し入るゝは、ご両親もさぞおつらく、小生も実に残念を感じむしろ貸してくれねばいゝがとも思ふ程に候」（『山本鼎の手紙』所収）とある。信州大屋より岡崎裏町の嶺田久五郎、丘造父子宛て葉書（明治四十一年月日不明）には、「御写真今朝着　（略）まづ丘造さんのデカさに驚き申候、おぢさんの厳然と構へ込まれるも面白く」（同『山本鼎の手紙』）とあり、「おぢさん」とは嶺田久五郎であるから、パリからの手紙の中の「嶺田氏」とは、即ち七代嶺田久七となる。この二通から、「嶺田久五郎」「山本鼎一家」と「七代嶺田久七」の間には、さほど親密な交流はなかったことが窺える。鼎の母たけと久五郎の妻たづは姉妹（長女次女）で連携は深く、七代久七の妻かいとは血縁ではなかったのも一因であろう。

では、戦災後の満性寺でのカイ祖母の「槐多という画家が裏町の自分の家で生まれた」（p159）という証言はどうか。だとすれば、村松氏前掲書における「槐多の出生地は〈愛知県額田郡岡崎町大字裏町乙三十一番戸〉と届けられている」（p156）という、その本籍地が、明治二十九年当時のカイの「裏町の自分の家」ということになる。

ここで再度『生誕100年　村山槐多展図録』（一九九七年、福島・三重県立美術館）を広げてみる。p101下には、「6．12．31」（大正六年十二月三十一日）の消印のある槐多の年賀状が掲載されている。宛先は「嶺田久五郎殿　おば様」で、住所は前述の本籍地と同じ「愛知県岡崎市裏町乙三十一番戸」となっている。「村山の籍が、私の家にあった」（前掲、嶺田丘造文）と書いていたことを思い起こせば、カイのいう「自分の家」はカイの夫「七代嶺田久七の家」＝

「本籍地」＝「嶺田久五郎宅」（丘造の「私の家」）ということになる。カイの「自分の家」は丘造の「私の家」と同一になり、またもや齟齬が露呈するのである。

ここで村松氏前掲書における親族の談話をもう一点掲げる。

槐多が出生した当時9歳であった丘造は、分家して離れた場所にあった久五郎の家に住んでいたため、久七の貸家で生まれたことを知らなかったのも無理はない」（p181、「註40」）。

前述の「カイ祖母さん」は「槐多という画家が裏町の自分の家で生まれた」（村松氏著、p159）と語ったはずである。右の親族のお話によれば、「久五郎の家」は「分家して離れた場所にあった」とされるが、実際は「貸家」の隣家であった。繰り返しになるが、嶺田久五郎宅は「裏町乙三十一番戸」、村松氏著で槐多の出生地とされた本籍地が、同じく「裏町乙三十一番戸」であり、「裏町の自分の家で生まれた」（カイ）という「自分の家」は同じく本籍地となる。仮に、両者が広大な同一の敷地内の「離れた場所にあった」にしても、生誕の有無に関しては同じ岡崎裏町界隈である。久五郎の妻と槐多の母は〈意思疎通の容易な次女三女の姉妹〉であり、裏町に生まれていたのなら、「生まれたことを知らなかった」ということはありえない。

こうした、長い年月を経た後の、親族による突然の〈オーラル・ヒストリー（口頭伝承）〉の申告によって、槐多の「横浜生誕」はくつがえった。つまり、岡崎出生という新説の根拠となったものは、大きく言って二点であり、①戸籍簿原本（岡崎市役所）の槐多の本籍地（岡崎）表記と生年月日記載（出生地は未記載）、②親族の〈オーラル・ヒストリー〉による槐多の岡崎出生証言、これである。しかしながら残念なのは、これら二点が必ずしも蓋然性を具備したものとは言えない点にある。親族の語るように、岡崎空襲（昭和二十年一月、七月）で嶺田家の敷地は全焼しており、記録（文書、日記など）の有無も含め、〈オーラル・ヒストリー〉のいかなる検証が可能なのかが問われる。空襲の際、岡崎市役所は幸い戦災に遭わなかったため、戸籍簿原本などは保存されており、不幸中の幸いと言うべきであろう。

わたしは、思いがけない槐多の「久七の貸家」での出生譚（前掲村松氏著、註40、p181）を知り、前出の嶺田雪子さんの回想文にある嶺田久五郎家中庭の〈小さな平屋〉を咄嗟に重ね合わせた。槐多の母たまは血縁の次姉たづがいればこそ、久五郎家に寄留したと言える。裕福な「名門嶺田ファミリー」（前掲、杉浦著）である。明治二十九年当時、兄の「六代久七」が「貸家」を保有していたというよりも、税務署を早く退職した弟の久五郎の生計を案じて兄が建てたものであろう。親族が槐多は「久七の貸家で生まれた」と言われるのは、久五郎宅中庭の〈小さな平屋〉に槐多母子が逗留したという遠い記憶の曲折に思えてならない。

9. 石川啄木・東郷青児・鴨居玲の場合

ここでひとまず、槐多を離れ〈石川啄木〉の場合を見てみよう。森鷗外の観潮楼歌会に与謝野鉄幹の紹介で参加していた啄木は、明治四十五年四月十三日、母と同じ結核で薄幸の短い生涯を閉じる。四月十五日の葬式は母の眠る浅草・等光寺で行われたが、参列者の中には夏目漱石はじめ、村山槐多の従兄・山本鼎や鼎の妻の兄北原白秋の姿もあった。

当時、啄木の誕生地についても二説が現れていた。斎藤三郎は『啄木文学散歩』（昭和三十一年、角川書店）の中で、岩手の〈常光寺〉出生が事実だが、異説として、常光寺近くにある〈廣内三太という農家〉で生まれたのだとする新説が飛び出したと述べる。常光寺の石川住職教え子・山崎忠吉の「そんなことはまったくのホラです。啄木が有名になったものだからそんなことを言い出したのです」という反論が紹介されている。ちなみに啄木は戸籍では初めは母工藤カツの私生児（工藤一《はじめ》）として届けられ、後に石川家の養子になった。

次に村山槐多より一歳下であった〈東郷青児〉の出生の場合である。東郷は槐多とは無縁のように見えながら伊豆大島という接点があった。『私の履歴書　孤高の画人　熊谷守一・中川一政・東郷青児・棟方志功』（二〇〇七年、日本経済新聞出版社）の中で、青児はこう述べている。

おまけに、当時の戸籍法は長男である石本鉄造が、廃嫡して東郷家に入夫することに困難をきわめたらしく、〈明治三十年四月二十八日、鹿児島市下荒田町〉で出生した私が、〈明治三十四年四月八日、神戸市山本通り〉で生まれたことに戸籍面ではなっている。

鹿児島を引き揚げて、東京に出る途中、神戸に約一年半何かの事情で滞在したとき、相変わらず石本鉄造の庶子になっている私の前途を考えて、急遽このような方法をとったのだろう。やっと石本の入夫手続きが認められて、東郷家の名跡をつぐことができたわけである。

「廃嫡」とは法定推定家督相続人の廃除のことであり、「入夫」とは夫になること。「庶子」とは正妻ではない女性から生まれた子、のことである（参考、小学館『日本国語大辞典』）。石本家からの「廃嫡」による、東郷家への「入夫」。そのために、〈実際の出生地〉鹿児島ではなく、東京への〈途中の滞在先〉神戸を〈戸籍面での出生地〉にしたという。槐多の場合とは少し事情が異なるかもしれないが、〈途中の滞在先〉が〈戸籍〉（本籍）となったという類似が見える。しかも、啄木、青児の両者は、ともに〈非嫡出子〉であった。

槐多との接点となる伊豆大島を訪れたのは十八歳時（大正四年）で、翌年までの一年間いたという。大正五年には、槐多が大島の差木地に逗留。二人が出会ったとしても不思議ではなく、差木地での槐多を含む七人の集合写真（本書表紙カバー参照）、右から三人目は東郷青児ではないかと想像される（参考、「芸術新潮」〈特集・村山槐多の詩《うた》〉、一九九七年三月号、新潮社）。野性的顔貌ながら前掲『私の履歴書』には、同年大正五年個展時のブロマイド並みの一葉が収録されており、伊豆大島よりの帰京後ゆえか、薄化粧を施したような面貌に変容している。東郷の著書『明るい女』（昭和二十一年、コバルト社）には、「伊豆諸島」「初入選前」という文が収められている。その中で伊豆諸島の放浪には、古くから〈絵〉も描いていた五、六歳年長の「八郎さん」が同行し、その後彼は京橋で〈写真屋〉になった。前述の伊豆大島差木地での七人の集合写真の撮影者は誰なのか、以前から思いをめぐらせていたが、東郷の同行者であり、のちに〈写真屋〉になったこの「八郎さん」がそうなのかもしれない。

三番目の、戦後の洋画家である故〈鴨居玲〉は、その著『踊り候え』（一九八九年、風来舎）所収の「人間が好きなんだ」で、「平戸でお生まれになったとうかがいましたが」という質問にこう答えている。

ありゃウソなんだ。私は生まれてませんよ。親父が平戸島［長崎県］の出身で、あそこの貧乏侍の家系なんですが。私は本当のことを言うとどこで生まれたかわからないんですよ（笑）。おかしいでしょう。オフクロがボケましてね。聞いてもわからないんですよ。〈戸籍謄本も二つ〉あって、途中から歳が一つ若くなってね。それで兵隊にもとられなかった（笑）。何しろ〈出生届けをしてない〉もんだから、謄本にも〈出生を認む〉と書いてあるんですよ。

鴨居玲も東郷同様、二戸籍であったことが分かる。応答に見える「出生届けをしてないもんだから」は、槐多の不分明な「混乱」の手がかりを暗示する。単刀直入に言えば、槐多の場合も、出産当時、出生届なるものが、果たして実際に提出されたのかどうかである。戸籍謄本を見る限り、後で形式的に即製の生年月日を岡崎に届け出たような、作為さえにじんでいるように見えなくもないのである。

10. 刺殺された七代嶺田久七に子はなく

再び岡崎の嶺田家にもどる。先に山本鼎のところで、『岡崎の人物史』という書を紹介した。そこには、前述の親族の祖母カイの夫・七代嶺田久七についてこう紹介されている。

七代嶺田久七［明治三年〜四十五年］が参謀本部の御用商人として活躍できたのも、こうして志賀重昂の手引きによるものであった。そして、八代俊雄、花子の話によれば、伊藤博文公の墓も久七の手によるものである。／明治天皇が崩御された翌日［大正元年七月三十一日］、七代久七が刺殺され、妻のかいが深手［深い傷］を負わされるという不祥事が起きたが、それは久七の跡継に目された愛弟子の手によるものであった。／子供のなかった久七の、愛弟子への期待は大変なものであった。

ここには「八代俊雄、花子」からの取材であろうか、明治天皇が崩御した翌日、七代嶺田久七が愛弟子によって刺殺されたこと、「妻のかい」も重傷を負ったことが報告されている。しかも刺殺されたのみならず、七代目には子どもはいなかったという。とすれば、石工業を継がなかった「八代俊雄、花子」夫妻は、嶺田姓を継承しつつも七代目嶺田久七の血縁（直系）ではなかったということになる。この八代夫妻の子息が名古屋の親族・嶺田久三氏である。

故・村山太郎氏は、この親族が嶺田丘造の名前の音韻とよく似ているものの、顔写真には見覚えはなく、出版元に問い合わせたという。私も嶺田丘造長女・雪子さんはじめ、子息からも、この親族の存在についてお聞きしたことはなかった。

もし仮に、従兄の嶺田丘造が、親族の言われる槐多の「岡崎生れ」を知悉しながら、「神奈川生れ」と記したのであれば、秘匿する何らかの理由が介在したはずである。しかし、明治二十九年九月三日に勝平次男の谷助が分家し、仮に妻たまが岡崎で槐多を出産したとしても、谷助が分家の長になる上で、あるいは教職の等級上昇の上で、槐多が「岡崎生まれ」であることによる弊害はない。仮住まいにせよ、岡崎裏町の名家嶺田家の敷地である。槐多が岡崎生誕ならば、丘造は、「岡崎裏町生まれ」だと明言したはずである。

伝達経路にせよ、たま出産なら→たづ・丘五郎→丘造という脈絡が想定できるのは当然である。

親族が「久七の貸家で生まれたことを［丘造が］知らなかったのも無理はない」（前掲村松氏著、註40、ｐ１８１）とされるものの、前述通り「久七の貸家」の久七が親族の祖父（七代）を指すなら誤謬であり、明治三十二年没の六代久七の貸家である。六代「久七の貸家で生まれた」ことが事実なら、槐多の母は丘造の母たづのすぐ下の妹である。六代「久七の貸家」の母屋にいた丘造が「知らなかったのも無理はない」ということにはならない。岡崎で槐多が生まれていなければ、丘造は「知らなかった」ではなく当然「岡崎で生まれた」と書くことはできない。

槐多は「明治四十年六月二十一日」付で、京都から「愛知縣岡崎町裏町嶺田様方　きゅーぞーさん」宛で休暇で帰省した嶺田丘造に葉書を出し（前掲、『生誕１００年　村山槐多展図録』所収、ｐ11）、また「明治四十五年七月九日消印。（注、大正改元は七月三十日）」の「愛知縣岡崎町字裏町　嶺田久五郎殿　同御一同」（同図録、ｐ14）宛にも丘造の東大卒業を祝う葉書を出している。「大正五年二月十八日消印」の「愛知縣岡崎町字裏町」「嶺田久五郎殿」宛葉書には、戸籍謄本のお礼を述べ、「検査は田端の人員定数がもはや満杯となり、やはり岡崎で受ける事になりました」とある（同図録、ｐ80）。検査とは徴兵検査のことである。当初は田端での検査予定だったことが分かる。

これらの葉書と、前掲の村山谷助の分家先が「明治二十九年九月三日」時点で「額田郡岡崎町裏町乙三十一番戸」であり、更に「大正六年十二月三十一日消印」の「岡崎市裏町乙三十一番戸」の嶺田久五郎宛賀状、そして「大正九年当時」の嶺田雪子氏による嶺田久五郎家回想を結べば、嶺田久五郎・たづの自宅は、明治大正を通じて「昭和七年まで」（嶺田丘造「山本鼎と村山槐多」）〈同一場所〉であったことが分かる。名古屋の親族は「昭和八年生まれ」である。昭和七年以降に嶺田久五郎の住所に両親の八代俊雄・花子が移り住んだのであろうか。

11.〈森鷗外・横山大観・有島武郎〉を訪ねていた村山槐多

従兄の嶺田丘造は、更に、

②「村山槐多の思い出」（「中央公論」昭和四十四年二月号所収）

を書き残しており、このように回想している。

槐多の画を見られた横山大観さんには非常にかわいがられ、ときどき行っては小遣いをもらっていたようです。また、森鷗外さんを訪ねたこともあるようですが、これは山本鼎の父一郎が、明治の初めに上京して医学の勉強をしていた陸奥宗光の秘書であった織田完之《かんし》さんの世話で、鷗外の家に書生に行っていた関係からだと思います。この織田さんは鷹州と号し、織田の一族で、三河土呂の社家の人です。漢学者で尊王の士松本奎堂《けいどう》の塾頭をつとめた漢学者でもあり、農政学者佐藤信淵《のぶひろ》の研究者としても知られ、明治政府の要人と広い交際がありました。

槐多の祖父山本良斎は、織田さんとは岡崎時代からの親友でした。

と、後述の宮芳平同様、槐多も鷗外邸を訪ねていたこと、槐多の従兄・山本鼎の父・山本一郎が森家に書生で行ったのは織田完之の仲介だったという事実が、語られている。おそらく山本たけ・たまが森家に出向いたのも織田氏の仲立ちであろうが、背景には山本良斎の困窮化があった。そんな妻・たけの弟妹五人の面倒を、夫・山本一郎は見なければならなかったし、そのためにも、織田氏の助けを借りざるをえなかったのであろう。

朝日新聞に勤め、のちに論説主幹、出版局長となった〈嘉治隆一〉は、森鷗外の盟友、柳村上田敏の娘・瑠璃子と結婚した。大正五年七月九日、東京芝白金三光町で敏が急逝した時、「鷗外は黄帷子《きびら》の夏衣を着流しのまま飛んで駆けつけた」という（「森鷗外」、嘉治隆一『人物万華鏡』所収、昭和四十二年、朝日新聞社）。嘉治は『歴史を創る人々』（昭和二十三年、大八洲出版）所収の「数奇伝」（初出、「朝日評論」昭和二十二年九月号所収、朝日新聞社）でも、こう書いている。私は前著『森鷗外と村山槐多』に於いても「数奇伝」から引用したが、再度掲げる。

大正の半ば、時代の空気に誘われて、東京に出て来た二人の少年画家があった。村山槐多と柳瀬正夢とがそれである。槐多は絵も歌もよく、山本鼎画伯、北原白秋氏などの縁辺になつていた。森鷗外博士がこれに注目せられていたらしく、ずつと後には有島武郎氏も庇護を與えていられた。一種病的な所のある天才的少年であつたことは、「槐多の歌える《ママ》」正続二篇からも知られる。

嘉治隆一は、鷗外が槐多について「これに注目せられていた」と述べる一方、槐多が「有島武郎の庇護」を受けていたとし、前掲『人物万華鏡』所収の「柳瀬正夢展」(昭和十五年五月)という文でもこう回想する。

正夢の画が年と共に正確さとうま味とを加えて行きつつあるのを見るにつけても、憶い出されるのは亡き天才児村山槐多のことである。顧みればすでに二昔も前のことになる。槐多が信州から、そして正夢が九州から出京して相合《あいあわ》し、将来ある二少年画家として一部に認められたころのことを想えば何人も感慨なきを得ないであろう。

槐多の天稟《てんぴん》が果して画壇と文壇とのいずれに傾いていたかは、惜しくも彼が僅か二十四歳で夭折したために推断を許さなくなってしまった。しかし、槐多や正夢が割りに早く有島武郎氏によってその画才を高く評価せられていたことは容易に頷けるところであって、私は番町「麴町区下六番町十番地」の有島邸で見た槐多の油彩《ママ》「カンナと少女」(佐々木注、実際は水彩)のもっていた明彩は今も忘れることができない。

有島武郎は後述の長谷川如是閑「我等」の同情者で、嘉治は如是閑の近くにおり、有島邸に行く機会を得たのであろう。有島による画才への賞賛が述べられる一方、嘉治は同著所収の「水島爾保布」（昭和三十四年八月）の中でも、武郎についてこう触れる。

大正の文明批評雑誌としての『我等』の仲間に、この二画伯［如是閑の弟・大野静方《しずかた》と水島爾保布］がいたことは正に鉄壁で、これに釣られ、画業をもって協力を惜しまなかった外郭の画家は少くなかった。［中村］不折、［斎藤］与里、［赤城］泰舒《やすのぶ》、［椿］貞雄などその一例であった。

そこへ十五歳の一少年が［斎藤］与里の紹介で如是閑氏を頼って出て来た。四国生れ、九州育ちの柳瀬正夢がそれである。あたかもこれと前後し、十七歳の村山槐多が従兄、山本鼎の紹介を持って有島武郎氏を訪ねたころに当たっていた。武郎氏はまた『我等』の有力な同情者で、槐多、正夢二少年画家の出現はそのころの画壇に、一つの興味深い事件であった［。］

槐多が山本鼎の紹介を持って初めて有島武郎も訪ねていたこと、柳瀬の門司からの上京には、斎藤与里が介在していたことなどが分かる一文である。

12.「我等」に参加した嘉治隆一

前述の嘉治隆一は、槐多とは同年齢で、のちには長谷川如是閑の雑誌「我等」に参加し、槐多遺稿の童話「孔雀の涙」(「我等」大正九年十二月号所収)、小説「鉄の童子」(「我等」大正十年一月号所収)二篇も掲載された。嘉治は「追憶」(『人と心と旅』所収、昭和四十八年、朝日新聞社)という文の中で如是閑をこう回想している。

私が初めて翁《おきな》[長谷川如是閑]にお目にかかったのは、私がまだ東京大学の学生の頃でありました。そして大正九年に同大学を卒業後、偶々中野駅に近い高円寺に居をかまえてからは、東中野の上ノ原の御宅に屢々お邪魔し、「我等」誌の編集にも参加させていただきました。

槐多の遺作が「我等」誌に掲載された時期と、嘉治が「我等」の編集に参加した時期とが重なる。「我等」という誌名は「ただ独立独行というような一人雑誌にはしないというほどの意味のもの」で「第一号を出したのは、〈大正八年二月十一日〉のことであった」(嘉治隆一「長谷川如是閑」、『明治以後の五大記者』所収、昭和四十八年、朝日新聞社)という。槐多の死のわずか九日前のことである。

しかしながら山領健二によれば、嘉治隆一は、村山槐多の死の翌年大正九年、「東大独法を卒業し、大学院に在籍のまま南満洲鉄道会社の東亜経済調査局で研究していた」という。「弟真三は震災直前に〈兄に頼まれて『我等』のバックナンバーを買いに〉神田の我等社を訪ねている。また、嘉治隆一の『我等』編集への関与は、(略)一九二四年正月号編集以降であり、そして寄稿の最初は同年三月号であった」とする(山領健二「『我等』の時代　如是閑をめぐる人々」、『長谷川如是閑集　第八巻』所収、一九九〇年、岩波書店)。

山領氏の記述は、嘉治自身の回想とは少し異なるが、槐多遺作の「孔雀の涙」、「鉄の童子」の掲載については、嘉治隆一のなんらかの関与が推量されよう。「我等」の編集参加以前の東大在学中に、すでに嘉治は我等社の如是閑に会っていたのであり、次のような直接細部に触れた記述からも、「我等」創刊号からの協力者だったことが窺える。

「我等」創刊の当初、東大学生として小野塚博士邸内の別棟に寄寓していた政治科系の北岡壽逸、蠟山政道らが寄稿や校正の手伝いをしたこともあったと思う。(略)その他に遊軍として、白樺系統の小泉鐵、旧い朝日社員、村松柳江の息、村松正俊等もしばしば顔をみせていた。(嘉治、前掲『明治以後の五大記者』所収)

村松正俊とは、かのシュペングラー『西欧の没落』の訳者である。遡れば、東大在学中の嘉治隆一は、大正六年から七年にかけて、柏風寮と名づけられた本郷追分町の又木家に一高時代の友人たちとの共同生活を始めていた。メンバーは、日高信六郎、嘉治隆一、又木周夫ら五人である。

ここには嘉治の弟であった嘉治真三（のち東大教授）や植村甲午郎（のち第三代経団連会長）らが絡む。更には、社会心理学者として知られた南博（大正三年生）も、母堂に連れられて叔父たちのこの寮に行ったことがあった（三歳から五歳当時）。その後当時のメンバーとは五十年以上もの友情が続いたという。南博は、又木周夫の姉婿で木挽町胃腸病院の南大曹博士の子息である。恐らく、柏風寮時代の嘉治は槐多とは接触する機会も余裕もなかったことであろう。

嘉治隆一には娘玲子がおり、森鷗外次女の小堀杏奴長男小堀鷗一郎と結婚した。鷗一郎氏は、国立病院院長まで歴任されたあと、民間病院の一医師となり、現在週三日往診されているという。近著に『死を生きた人々　訪問診療医と355人の患者』（みすず書房）がある。嘉治隆一の子息元郎は東大教授時代、先頃自裁された西部邁氏の東大大学院経済学研究科時代の指導教官であった。西部氏には、槐多と交流した林達夫についての「強靭な相対主義」という論考がある。また三島由紀夫の『私の遍歴時代』には、「当時朝日新聞の出版局長をしていた嘉治隆一氏が、父［平岡梓］の旧友である縁故から、私を何やかやと引き立てて、面倒を見て下さり」とある。嘉治と平岡は、「一高独法一年の時に教室でずっと隣合せに坐っていた間柄」であった（嘉治隆一「三島由紀夫」、前掲『人物万華鏡』所収）。

13. 鷗外と原田直次郎の〈孫弟子〉宮芳平

ところで、鷗外と槐多が疎遠に見える淡景の理由のひとつには、穿った見方をすれば、槐多と同世代の宮芳平（明治二十六年六月生、大正二年、東京美術学校洋画科入学）なる若い画家の存在もあったのかもしれない。大正三年十月十二日、観潮楼を初めて訪れた宮芳平は、鷗外の小説「天寵《てんちょう》」（大正四年四月、「ARS」に発表）の画学生M君のモデルとしてすでに知られる。

従来鷗外と鍾愛を受けた宮の縦軸については語られるものの、同世代の宮と槐多の横軸については触れられる機会はあまりなかった。宮と槐多についての言及を初めて見たのは、小島初子『天寵残影　宮芳平伝』である。「大正三年八月、日本美術院が再興され、新たに洋画部が設けられた。（略）村山槐多が、従兄の山本鼎の励ましをうけ、小杉未醒の家に身を寄せたのはこの年であり、芳平が槐多と知り合うのも、このあと間もなくのことである。」と書かれている。

宮芳平自身も、戦後書き残した「追憶　一つの記録」（昭和三十七年、野田宇太郎編「文学散歩」十五号・〈鷗外生誕百年の記念〉号所収）で、槐多についてこう触れていた。

わたしは学校［東京美術学校］を抜け出して日本美術院のアトリエに通い出しました。ここには山崎省三、村山槐多が山本鼎の秘蔵弟子のようにしていました。二人の絵はその行動と共に野獣のようでした。そしてそれはわたしの心を捕えました。／美術院に長期コンクールがありました。（略）賞の発表がありました。一賞一人、二賞二人、わたしが一賞でした。省三槐多を超えたのです。この事を鷗外に告げると鷗外は「よかった、よかった」と言いました。

「AYUMI　2」（後期、昭和三十六年）の中でも、芳平は次のように回想する。

その頃、［大正五年十二月三十日］山本鼎がフランスから帰って来て、日本美術院に入りました。そこで洋画部の指導者になりました。多くの弟子が入所しました。今関啓司、原田恭平、村山槐多、山崎省三、等々。／わたしは学課が嫌いなため、［東京］美術学校を辞めなければなりませんでしたが、デッサンをやりたくてしょうがありませんでした。それで原田恭平に頼んで山本鼎に会わせて貰い日本美術院の洋画部に入れて貰いました。

山本先生は徹底写実主義で、美術学校で修業したわたしのデッサンを甘く見ていました。そして、野獣のような、槐多や省三のデッサンを高く買っていました。（略）そこでわたしは勉強しました。一つには槐多と省三に戦いをいどんだのでした。槐多と省三はいつも二人きりの仲善《なかよし》だったし、この二人だけは山本先生の秘蔵弟子だと思われたからです。（略）愈々作品発表の日となりました。全研究生が自分の作品を一とまとめに順に天井近くから下へと貼って行きます。ここは日本美術院の日本画のアトリエで、ふだんは何十畳の畳が敷かれるかわからない広間となっているのです。／わたしはその壁の中頃に貼る番となりました。わたしの作品は大小二枚、二列におさまりました。わたしがわたしの作品を貼っていく時「いいなあ、いいなあ」という声がきこえました。その声は次の順番を待っている槐多と省三の声でした。／翌日が発表の日でした。行って見たら、わたしは甲賞で、槐多と省三が共に乙賞でした。

宮芳平の美術院での甲賞受賞については、堀切正人編『宮芳平自伝　森鷗外に愛された画学生M君の生涯』の「略年譜」では、「大正八年七月」となっている。槐多が没するのはこの年大正八年の二月である。山崎一穎『鷗外ゆかりの人々』には、昭和四十年十月の宮芳平個展（銀座松坂屋七階画廊）パンフレットが紹介されており、甲賞受賞は「大正七年七月」とある。また同パンフレットによれば、宮の日本美術院洋画部への入部は「大正六年」であった。

この回想によって、宮による「山本［鼎］先生の秘蔵弟子」であった村山槐多と山崎省三への「戦いを挑んだ」心境が読み取れ、あるいは、芳平はこの対抗心によって鷗外に接近を試みたと考えられないわけでもない。しかしおそらく宮は、鷗外が「山本［鼎］先生」の仲人であったことも、鼎が槐多の従兄であることも、槐多の母が鷗外家に出向いたことも、知る由はなかったであろう。実際には槐多の方が、よほど、（間接的だが）鷗外に近接した所にいたのである。

鷗外からすれば、宮芳平が鷗外宅を訪ねる以前に、鷗外の盟友・原田直次郎の画塾・鍾美館に通った和田英作の弟子であり、即ち「原田の孫弟子」（山崎一穎「森鷗外と原田直次郎」、『鷗外と画家原田直次郎』所収）にあたることは当初、気づかなかったと思われる。

北原東代前掲書によれば、芳平は「昭和十年八月から十四年三月まで［北原］白秋の秘書をつとめた愛弟子宮柊二の叔父になる」という。鷗外を軸に、原田直次郎、宮芳平、村山槐多、山本鼎、北原白秋と網の目のように交錯した奇縁に少なからず驚く。

その宮芳平は、森鷗外との日々を「ＡＹＵＭＩ 20」（前期、昭和十三年）でこう振り返っていた。

帰ろうとしますと
玄関迄送ってくだされ
「またおいで」と言って下さいました
帰る時には裏玄関から上った筈の私の靴が
表玄関に廻されていました（原文以下、一行アキ）
森さんは―そう呼ばして頂く―私を愛しました
森さんは一家総出で私を愛してくれました

この回想から伝わってくる、芳平を「愛してくれ」た鷗外や、「一家総出」の日々は感動的でさえあるが、反面に於いては宮を媒介として、鷗外と槐多の双方にとっては、お互いを疎遠なものとするばかりだったのではないかとも斟酌してみる。

14．静男・鷗外家に出向いた山本たま

こうした鷗外と槐多の疎遠にも思われる隔絶感を踏まえ、冒頭にエピグラフとして掲げた槐多の「酒顛童子」の一節を思い出してみる。そこには「俺の父は何か、母は何か」とある。父母への虚構が入り混じるが、大正三年作の詩「三十三間堂」にも「淫婦が産みたる童のみの恐ろしき群の中に」と見える。槐多はどこかで、父谷助の子であることを疑っていたのではないか。岡崎市役所の戸籍謄本には、出生地の記載が見られないことからも、実際には槐多は誰かの〈庶子〉ではなかったのか、と以前から私は思いを巡らしたりもしていたのである。

夏目漱石の「代助［『それから』の主人公」に恋愛がはじまったように、直哉も女中と恋をする。肉体関係もできた。女中は連れかえられる。直哉は苦しみ、内村鑑三や徳富蘆花をたずねて相談した。」（飛鳥井雅道『日本の近代文学』）というような、若き日の志賀直哉のことも思い出されたからである。しかしながら、森鷗外については、長男・森於菟が、

父は酒杯を手にする機会は多くても、芸妓その他いわゆる玄人関係の女と気の合う事はなく、家での女中はもちろん、しろうと関係の女に手を出す父でもなかった。それを心配した祖母がなかなか縁談のきまらぬので［、］おせきさんを勧めたのではないかと私は考えるのである。（「鷗外の隠し妻」、『父親としての森鷗外』所収）

と書き留めている。祖母の勧めた「おせきさん」が児玉せきである（後出、15節参照）。

そこで、槐多の母たまの御霊《みたま》には礼を失するが、結婚前の足跡を少しばかり辿ってみることにする。結婚前の山本たまは家族と共に東京深川の冬木町に住んでいたというが（草野心平前掲書「年譜」）、森於菟は「観潮楼玄関番列伝」（『父親としての森鷗外』所収）で次のように述べていた。

秋山力さんは東京下町の出、薬局にいたが後に学校の先生になった。（略）この人の妹さんがおたまさんといい、千住の家、また父の新婚当時上野花園町の家で女中をしていたが、後に叔父潤三郎の先生で中学の教師の村山さんにもらわれて、同氏の赴任地京都に所帯を持った。その間の子が村山槐多である。

他方、信州在住の郷土史家であった故小崎軍司は『山本鼎評伝』に於いて、次のように書く。

秋山家を継いだ力は森［静男の］医院の薬局に勤めながら勉強して後に教師になったし、タマは同家［森静男宅］に女中奉公し、一時は鷗外の新婚家庭［明治二十二年二月から二十三年十月］に出向いたことがあるが、［鷗外の父］静男の世話で、鷗外の弟潤三郎の小学校の先生だった村山谷助と結婚し、槐多、桂次ら七人の子をもうけている。

「千住の家」あるいは「森医院」とは、鷗外の父・森静男の家、橘井堂《きっせいどう》医院。「千住に籍を移したのは、明治十四年八月」（苦木虎雄『森鷗外百話』）、静男が千住の借家の住居（同医院）を買い取ったのは明治二十年である。たまは最初に①千住の森静男の家、それから②鷗外の新婚家庭へと出向いたことが分かる。

森於菟「鷗外の母」（『父親としての森鷗外』所収）によれば、「祖父静男はそれまで引きつづき開業していたが、次第に年をとって医業が面倒になったのと生来利欲に恬淡の人であったので、医院を閉じて明治二十四年の末に本郷区駒込千駄木町二十一番地の地所とそこに建っていた古家とを買って移り、（略）父［鷗外］も翌二十五年一月末にここに移って来て」同年八月には二階建ての鷗外邸いわゆる観潮楼が完成する。

森静男は明治二十九年四月四日、観潮楼から少し離れた所にある小屋の茶室で死去する（六十一歳）。村山谷助と山本たまが結ばれた背景には、鷗外ではなく、たまの最初の出向先の「［森］静男の世話」（小崎、前掲書）があった。しかしながら、静男の逝去は村山槐多誕生の五ヵ月ほど前である。静男の死去までの間にたまは谷助を紹介され、記録はないが静男が仲人をした可能性もある。山本鼎の仲人をした森鷗外が谷助・たまの仲人になることもありえないことではないが、そうした記録も見つかっていない。

たま（明治九年生）の森両家（静男・鷗外）への出向は、明治二十年前後から明治二十三年頃にかけてと推測され、まだ結婚年齢には少し早かったであろう。その間、鷗外は明治二十二年七月、赤松登志子と結婚。翌二十三年十月、花園町の家を出て登志子と離婚している。たまはその頃鷗外の新婚家庭にも出向き、大正四年十一月、鷗外は京都にて、上田敏と村山たまに再会した（森鷗外「盛儀私記」）。村山谷助（明治元年生）のほうは「潤三郎の小学校の先生」で、三男潤三郎は明治十二年四月生まれ。仮に潤三郎が小学六年生の十二歳とすれば、明治二十四年。たまが静男宅から鷗外邸に出向いた前後（十五歳位）に該当してくる。小学校教員の谷助は二十四歳ぐらいになる。推測だが、たまが十八歳になった明治二十七年前後の頃に谷助を紹介された公算が大である。

15．鷗外の『雁』と児玉せき

槐多の父母谷助・たまの間には鷗外が介在する余地は多分にあったはずだが、「九月三日入籍、九月十五日槐多出生」という原戸籍の記載は、あるいは、式を挙げない未入籍のうちに槐多を胚胎したという証左でもあるのかもしれない。

「俺は一体どこから来たのだろう」と槐多は自問するが、安易な応答叶わず、私は手探り状態を続けていた。そんな矢先、鷗外研究家の故・長谷川泉氏のとある論考（「鷗外・作品の構造　雁」、「國文学」〈特集・森鷗外と日本の近代〉昭和四十八年八月号所収）に出会った。

〔森鷗外の祖母が勧めた〈日陰の女性〉〕児玉せきが巡査木内栄助を壻として入籍したのは明治十六年である。この結婚が解消されたのは二年後の明治十八年である。児玉家が、鷗外の父森静男の千住の橘井堂《きつせいどう》医院と同番地に移ったのは明治二十二年であった。この時、鷗外は最初の夫人登志子と結婚していた。せきはこの後、浅草三間町に移ったが、明治二十五年に本郷千駄木林町に移った。〔明治二十三年に〕鷗外が登志子を離別して独身生活を送った観潮楼〔明治二十五年八月完成。駒込千駄木町〕からは目と鼻の先である。鷗外が、児玉せきと関係を持ったのは、小倉に左遷されて東京を去る時までであるから、明治三十二年〔六月〕までの七年間である。児玉せきに、「雁」のお玉のような覚醒した自我があったとは思えない。しかし、鷗外は自己の性欲処理の対象であった児玉せきの陽蔭《ひかげ》の存在と膚接《ふせつ》することによって、せきの心象の哀れさに感情を移すことがなかったとはいえない。（略）せきにとって、鷗外はしょせんは、岡田同様、いずれは去ってゆく人である。小倉から帰京して〔明治三十五年一月〕美貌の志け夫人をめとった鷗外を、ひそかに見送ったせきの心象は、お玉のそれと相似である。

「雁」（「スバル」明治四十四年九月号〜大正二年二月号に発表）についての長谷川泉氏文は鷗外、せきの双方の心情に分け入り、読む者の深層に浸みるものがある。この文によって、鷗外が児玉せきという日陰の存在と「膚接《ふせつ》」していた「明治二十五年」から「明治三十二年までの七年間」のほぼ〈中間点〉が、槐多生誕の明治二十九年九月だったことが分かる。登志子と離婚後の単身者鷗外にとっては、児玉せきの存在は日陰の身ながらも、淡彩なものではなかったはずである。せきとは、「いずれは去ってゆく人」同士である。鷗外を「ひそかに見送った」姿は、交情の対象以上のつかの間の、陰翳ある存在であった。それゆえに、鷗外はその痛切なる心情を『雁』に託し、〈せきへの返礼〉としたのではなかったか。

森於菟は、前掲「鷗外の隠し妻」の「追記」で、再び父鷗外についてこう続ける。

家で使う男女にきびしくはないがあまり無駄口はきかない。ことに女中などに冗談をいうことなどはまったくない。女中を女として見ることにひどく控え目なのは「小倉日記」で明［ら］かなごとくである。父は『ヰタ・セクスアリス』（性生活）の中に、昔書生であったころに遊廓に行き、女と腕角力《うでずもう》するだけで帰って来たり、安い芸者と会って「衣帯をとかず。」とは貞女が夫を看護する形容ばかりでない事を知って驚いた経験なぞを書いたが、後年の生活について「自分は一時に二人の女に関係する余裕はない。」と述べた。余裕がないというのは経済的の意味ばかりではないと思う。友人とのつきあいで、茶屋酒をのんで歩いたころにも、芸妓に馴染のできなかったのは父だけというし、旦那となって納［ま］った事などもとよりない。別にそうした社会の女に、学問や芸術の話のあうのを求めるわけではないが、結局家の内でも外でも心を許せるもの、または一歩ふみ込む魅力を感じさせる相手に出会わなかったと見るべきではないか。

16. 林芙美子『放浪記』の中の村山槐多

槐多の母たまの足跡は砂上から消える。他方、槐多の従兄・嶺田丘造は前掲「村山槐多の思い出」の中で、槐多父子の悪因めいた悲劇的結末に、こう言及していた。

〔槐多の弟〕桂次は後に彫刻を研究し、（略）信州大屋の農民美術研究所の彫刻の先生をやっていましたが、心臓病で早死にしてしまいました。槐多も、自分の体質のことでは、ときどき神経質になっておりました。それは、父谷助の胸が薄く、自分もその体質を継いで父と同じくいつかは肺を患うのではないかと気にしていましたが、やはりその通りになってしまいました。

京都府立一中時代からの友人であった山本二郎（筆名、路郎）も、槐多没後にまとめられた『槐多の歌へる其後』の中で両親と槐多の「関連」についてこう書いている。

槐多と彼の父との間には性格の上に痛切な父子の関連が一眼で認められた。彼の母なる人に就ても外形上は別人の感が有るけれども、内面的には極めて相似した多くのものが第三者にはうなづかれるのであつた。

槐多はやはりどこかで父谷助・母たまの双方の形質（形体と性質）を受け継いでいた。槐多も「山本鼎氏へ」（大正三年六月）の中で、「エドガア・ポーの小説を読んでから、〈血族〉とか、〈遺伝〉とか、〈精神病〉とか、云ふ物が、異常に美しく、面白く、見えて来ました。」と自身に重ね合せている。〈血族〉〈遺伝〉とも関係するが、死の一年ほど前の日記にもどれば、「僕はデカダンスに飽きはてた」（大正七年一月一日）という当日の条《くだり》が思い出される。この記述を裏返せば、槐多は日々〈デカダンス〉なるものにいかに浸蝕されていたかを窺わせる文面となっていることに気づく。林芙美子の『放浪記』（改造社、昭和五年）の「雷雨」には、〈デカダンス〉な日々を送る槐多の大正六年の詩が、冒頭二行を削除して引用されている。ちなみに芙美子は、廣畑研二『甦る放浪記　復元版覚え帖』によれば、啄木に次いで槐多の詩を愛唱したという。

猛々しい燃える様な悪い劣つた宿命が私にからみつく
猛毒ある蛭か蛇か薬品の様に
しふねく強く
家の貧苦、酒の癖、遊怠の癖、みなそれだ
ああ、ああ、ああ

切りつけろそれらに
とんでのけろはねとばせ
私が何べん叫びよばはつた事か、苦しい、さびしい

血を吐く様に芸術を吐き出して
狂［人］の様に踊りよろこばう

芙美子は続けて、「槐多はかくも叫びつゞけてゐる」と筆を継ぐ。「『放浪記』の引用では、削除された冒頭二行の内の一行目の「猛々しい燃える様な悪い劣つた宿命が私にからみつく」が印象的である。槐多の大正三年五月二十六日の日記でも、母の「眼がよくない」ことに触れる。

うちでもお母さんの眼がよくないさうだ、そしてこの二三日いいさうだ。丁度俺のと似かよつてゐる。／この様に親子の間に律があるとすると恐ろしい事だ、家で誰か死にもすればきつと自分は暗示されるに相違ない。

と書き、父谷助の胸の薄さを気にしていたのと同様、『放浪記』に引用された「悪い劣つた宿命」への予感に少なからず慄然としているようでもある。ここには、前述のポーに見る〈血族〉や〈遺

伝〉や、仏教上の〈因果応報〉といったテーマの投影が見られなくもない。こうした提題はイプセンの森鷗外訳『幽霊』（金葉堂、明治四十四年十二月）や、同『幽霊』の模倣とも呼べるような長田秀雄『歓楽の鬼』（「三田文学」明治四十三年十月）にも現れていた主調であった。イプセンの『幽霊』は、有楽座（明治四十五年一月）、や三条青年会館（大正三年十一月）などで上演されたというが（参考、金子幸代『鷗外と近代劇』）、槐多は観劇する機会を得たであろうか。『放浪記』にもどれば、同作中の「古創《ふるきず》」には、「遠くに去つた初恋の男」が「ピカソの画を論じ槐多の詩を愛してゐた。」という記述もあり、この男から芙美子は槐多の詩を知ったとも考えられる。

17.〈デカダンス〉からの反転

さて、槐多が多用したフランスの伝統色である〈ガランス　Garance〉（茜染めの赤、参考、港千尋・三木学『フランスの色景』）とは何であろう。蓮實重彦は「「赤」の擁護」（『「赤」の誘惑』所収、二〇〇七年、新潮社）という文の中で、エドガー・アラン・ポーに触れ、

ポーの作品における「赤」と「黒」（略）二色が必然として親密にかさなりあいながら、こ

の世ならざる体験を喚起する死のイメージに近い独特な配置におさまっていることを疑ったりはしまい。（略）ポーの作品における「赤」と「黒」とは、ほとんどの場合、ほぼ同時に姿を見せ、全身が「赤」く彩られたミイラの鼻の絆創膏の「黒」さのように距離なく接し合いながら、尋常ならざるものへの通路を不気味にほのめかしている。

と書いた。まさしく槐多に於いては、蓮見氏の言う「この世ならざる体験を喚起する死のイメージに近い独特な配置におさま」り、「尋常ならざるものへの通路を不気味にほのめかしている」賦彩こそ、〈ガランス〉そのものだったのである。槐多の〈デカダンス〉最深部に於いて、最も槐多を緊縛したものは、この〈ガランス〉にほかならなかった。しかし、反面に於ける槐多の生の軌跡とは「血を吐く様に芸術を吐き出して」、自らの宿命を「はねとば」さんとする〈デカダンス〉からの〈反転〉の歌でもあったのである。道籏泰三は「デカダンと理想―田中英光を思う」（「図書」二〇一七年二月号所収、岩波書店）という文の中で、「そもそもデカダンスとは何か、問題はこれである」とし、暗渠と化した他方の水路に照明をあてている。

もとより、デカダンスとは、自身と世のなりゆきとに対する懐疑、反抗、憎悪、絶望のうちに生まれ、反社会的な破壊や頽廃や陶酔にふける虚無的な態度のことを謂《い》うのが普通だ。が、この定義には、これと裏腹になったもう一つの重要な傾向が捨て去られている。破滅に対する反発、ないし生きる個に必然の生の力である。デカダンスの背後には必ずこれが、理想へのひそかな希求といった形でひそんでいる。たとえそれが意識の深層で半ば忘れられ歪んだ姿をとっているとしてもだ。デカダンスの本質は、表に現れ出た頽廃や破壊それ自体にあるというより、奥深くにひそむこの理想にあると言わねばならない。

道簱泰三は先にその著『堕ちゆく者たちの反転』（二〇一五年、岩波書店）に於いて、ボードレール、カフカ、ベンヤミン、坂口安吾などを論じた通奏低音を、ここで平明に剔抉した。反面に於ける「破滅に対する反発」「生きる個に必然の生の力」の内在という〈デカダンス〉の「裏腹」に明燈をかざしたのである。

私は槐多の短かった生を思う時、セナンクールの「人間は滅びるものだ。――さうかも知れぬ、しかし抵抗しつゝ滅びよう」（『オーベルマン・下』市原豊太訳、一九五九年、岩波文庫）という至言をときに思い出すことがある。槐多も最終的には、死との綱引きに「抵抗しつ、滅び」たが、潜在した「生の力」を、「新生」を意味する「ヰタヌボオ」（大正七年九月十四日「日記」）へと記号化しつつ、抵抗し「滅び」たのであった。

槐多の「ヰタヌボオ」とは、おそらくは上田敏の『詩聖ダンテ』（明治三十四年、金港堂書籍）に散見される「ギイタ・ヌオヴ」（伊語 Vita Nuova）からの流用であろう。「破滅に対する反発」の表象でもある「ヰタヌボオ」を〈デカダンス〉に対置させて反転を試み、その〈反転〉も空しく死へと〈横転〉して終息を迎えたのである。

「ヰタヌボオ」に反立する〈ガランス〉にもどろう。槐多に於ける〈ガランス〉（茜色）への偏執は、「明治の末年から大正にかけての時期が、〈赤と朱〉に陶酔した時代であった」ことにも起因していた。「赤を主調とした強烈な色彩に対する〈詩人たち〉のそのような好みは、ちょうど同じ頃、美術の世界で、ゴッホ、ゴーギャン、マティスなど、いわゆる後期印象派やフォービスムの〈画家たち〉が相次いで紹介され、画家たちに大きな影響を与えたのと無縁ではな」かった（高階秀爾「明治の色」、『日本近代の美意識』所収、一九八六年、青土社）のである。

式場隆三郎もかつて『血液の審判』（昭和十四年、中央公論社）の中で、「〝赤い〟といふ言葉」に触れている。「希臘語で〈エリトロス〉、ラテン語で〈ルリックス〉、独逸語で〈ロート〉、仏蘭西語で〈ルージュ〉といふが、これらはみな梵語の〈ルギラ〉から出たものである。〈ルギラ〉とは〈血液〉といふ意味である。」としていた。たしかに〈ガランス〉とは血の色だが、生命の血ではなく、暗影を帯びた〈宿命〉の血の色ともなる。そこには〈意志と運命との相剋〉が生起するのである。上村六郎・小河その『学用色名辞典』（昭和二十六年、甲鳥書林）では、少し裏面からの解凍を見せている。

ある一つの色に、黒が少しも混じていない場合は、その濃さの色として最も明るい色であり、これに黒が混ずると、色は順に暗くなって行くのである。〈明るい赤色〉とか、〈暗い赤色〉とか云うのは、即ちそれを指している。（略）〈暗い色〉と云う代りに、時として〈黒ずんだ〉色と云う言葉を用いることもある。例えば〈黒ずんだ赤色〉とか、〈黒ずんだ緑色〉とか云うのがそれである。（略）

赤は、黄味の場合は、それは〈火の色〉であり、又〈太陽の色〉であって即ち一方に於ては〈呪的な色〉として好んで用いられたが、また一方に於ては、真の赤色は〈血の色〉であり、即ち〈汚れた色〉であるとして、〈卑められてもいた〉ことが明らかである。例えば、古くから、中国及び日本に於ては、罪人は〈戸籍に赤いしるし〉を付けられ、又彼等の〈獄衣は赤〉であった。また日本書紀に依ると、罪を悔いて、〈顔に赤土〉を塗って身をけがし、相手の部下となって、これに仕えることが書いてある。古事記の、〈赤玉は緒《を》さへ光れど白玉の君が装《よそひ》し貴く有りけり〉という歌なども、〈赤が卑しい色〉と云う程ではなくとも、少なくとも〈白が赤よりは高貴〉であると云うことを示しているものと云うことが出来よう。

〈暗い赤色〉や〈黒ずんだ赤色〉を含めて、赤は〈汚れた色〉〈卑められてもいた（色）〉として把捉されており、槐多の〈ガランス〉にも溶融する。

こうした影の領域からの色彩論考としては、近年の網野善彦『異形の王権』（一九八六年、平凡社）に於ける「蓑笠と柿帷」や服部幸雄『さかさまの幽霊』（一九八九年、平凡社）での「赤のシンボリズム」などもあるが、すでに先行していたのが、この甲鳥書林版『学用色名辞典』ということになる。

京都府立一中時代、槐多と交流のあった林達夫は「歌舞伎劇に関するある考察」という文で、「歌舞伎劇に於いては大抵どの芝居にも「殺人」と「自害」とがついている」とし、「しかしながら平和なおだやかな平民が何ゆえに「血」の芝居を見ることを喜んだのであろうか。(略)それは「血」が彼らの痺れかかった神経に一種のおののきを与えるからである。鈍りきった感覚に強い刺戟を与えるからである。(略)身の毛もよだつような血の色を以て、彼らは自分のつかれた官能をぐんぐんあおり立て、そこに快楽を見出さんとしたのである。」(「一高交友会雑誌」所収、大正七年二月)と書いた。

槐多の画布の上に於ける、〈ガランス〉も、自己沈降という暗影を帯びた〈重力〉の色彩でありながら、林のいう「血の色を以て」「ぐんぐんあおり立て」るという〈揚力〉獲得の〈両義性〉を仮託した画面となっていた。〈揚力〉による異化効果もまた画布における生への〈反転〉の証左である。

18. 遠景としての〈子守りの少女〉

ヘルダーリンは、「多くの人は　源泉へ行くことに　怖《おそ》れをいだく。すなわち　富は　まず海

に　始まるのだ」（野村一郎訳、U・ホイサーマン『ヘルダーリン』所収、一九七一年、理想社）と詩に託した。私はここで、ヘルダーリンの詩とは無関係な『岡崎市医師会史』（昭和四十八年、愛知県郷土資料刊行会）なる書をひもといて、村山槐多の「源泉へ行くことに」してみよう。ここには次のような、モノクロ画面めく遠景が封入されていた。

岡崎藩が医を遇するに厚かった例として、三宅洪庵（高古）の話を述べよう。天保弘化年間に活躍した医師であるが、非常に裕福で、諸国からくる修業者を数か月、ながい場合は数年も家に泊まらせ武芸にはげませた。弘化元年（一八四四年）生まれの万世（加茂郡重田和村出身）という娘が、十三歳のときに、彼の家へ子守りとして来ていて狂犬に手をかまれてしまった。しかし殊勝にも、背負った子供を離さずに守り通した、洪庵はこれをたたえ、万世を山本良斎に嫁さしめその子孫は繁栄した。

槐多の母方の祖父・山本良斎の妻となる以前の万世《ませ》が語られている。万世は、弘化元年（一八四四年）に重田和《しげたわ》村に生まれ、十三歳の時に「子守りとして」出たのだという。「重田和村」とは初めて聞く地名であった。三河の『村鑑帳』の一部が記載された資料があり、『村鑑帳』によれば、重田和は明治二年（一八六九年）時点で、わずか二十五戸の小村であった。一戸当たり平均の持高（領地の玄米の収穫高。石高《こくだか》のこと）は、三石六斗余りだったという。

万世がこの小さな寒村を出て〈子守り〉になった十三歳当時（一八五七年）は、現代で言えば小学六年から中学一年の頃にあたる。槐多の信州大屋作に《子守りの少年》（信濃デッサン館蔵）というクロッキーもあったが、槐多は筆を走らせながら、母方の祖母・万世の姿を《子守りの少年》に重ねることはなかったであろうか。

戦前には『豊坂村誌』（昭和九年、豊坂村役場）という村誌が編まれている。重田和から出て来た万世と、夫になった山本良斎について僅かに触れられており、ここには、〈子守りの少女〉から変貌を遂げた万世の姿がある。

永野
山本良才氏（明治初年頃）
医者にして農を営み子弟を教育す　特に妻女能筆なり。

「永野」とあるのは、永野村のことで、のちの松坂村のことである。「（明治初年頃）」と書かれているが、野崎村と永井村が合併して「永野」村となるのは明治八年（一八七五年）というから、その当時の記述であろう。

山本良斎は村で医師と農業の傍ら「子弟を教育」していたことが分かる。最後に「特に妻女能筆なり」と書かれている。「妻女」は妻万世で、「能筆」とは、字が上手なことである。万世は弘化元年（一八四四年）生まれなので、右記のように合併して永野村となる〈明治八年〉には、三十歳代となっている。良斎にとって賢妻だったことであろう。

永野村の山本良斎が、いつごろ岡崎に出てきたかは今のところ不明である。〈良齋〉名の、〈明治十三年〉の「種痘証」（個人蔵）が残されており、当時の〈種痘医〉としての住所は、〈愛知縣三河国額田郡裏町八十番邸〉となっている。やはり裏町であり、槐多の母たまは明治九年八月一日にこの「裏町八十番邸」で誕生したのかもしれない。

十三歳で裕福な医師・三宅洪庵のもとに〈子守りの少女〉として住み込んだ万世は、様々な躾や素養を身につけたと思われる。結婚後、夫の山本良斎から修得したことも多かったであろう。良斎の子弟教育の傍ら、書などを教えていたとも思われ、「能筆」な万世が運筆する姿に、槐多に於ける〈画筆〉の光源を見る思いがするのである。

ヘルダーリンのいう「源泉」、すなわち村山槐多の詩画両才の「源泉」とは、ある面に於いては、この「医者にして農を営み子弟を教育」し、「画家」や「詩人」を泊めたという〈文人医〉山本良斎と、「能筆」で良斎を支えた元〈子守りの少女〉万世との双方あたりに、ひとまず遡ることができる。（文中、敬称略）

たとえ片手で不幸を逃れても、

別の手でおまえは見つけてしまうであろう
すべてが廃墟にすぎないことを。

生きるとは、死よりも先へ生き延びることか?

片手で宿命を払いのけても、
見よ、別の手は、告げているではないか
おまえのつかんだものが
追憶の切れはしにすぎないことを。

(ウンガレッティ「約束の地を求めて　最後のコロス」、河島英昭訳)

主要参考文献（発行年表記は奥付に従いました）

〈森鷗外関連〉
森鷗外「盛儀私記」、『鷗外全集　第二十六巻』、一九七三年、岩波書店
森鷗外「原田直次郎」、『鷗外選集　第十三巻』、一九七九年、岩波書店
森鷗外「原田直次郎に与ふる書」、『鷗外選集　第十一巻』、一九七九年、岩波書店
森於菟『父親としての森鷗外』、一九九三年、筑摩書房（ちくま文庫）
山崎國紀編『増補版　森鷗外・母の日記』、一九九八年、三一書房
森静男百年忌実行委員会編『鷗外の父　森静男の生涯』、平成七年、同実行委員会
森鷗外と美術展実行委員会『「森鷗外と美術」展』、二〇〇六年、同実行委員会
図録『原田直次郎　西洋画は益々奨励すべし』、二〇一六年、埼玉県立美術館他
長谷川泉監修『生誕一三〇年記念　森鷗外展』、一九九二年、アプト・インターナショナル
長谷川泉「鷗外作品の構造　雁」、「國文学」昭和四十八年八月号、学燈社
山崎一穎監修『別冊太陽　森鷗外　近代文学の傑人　生誕一五〇年記念』、二〇一二年、平凡社
文京区立森鷗外記念館編『150年目の鷗外　観潮楼からはじまる』、二〇一二年、同記念館
山崎一穎「森鷗外と原田直次郎」、文京区立森鷗外記念館編『鷗外と画家原田直次郎　文学と美術の交響』、平成二十五年、同記念館
山崎一穎「鷗外文学と三人の画家　原田直次郎・大下藤次郎・宮芳平」、豊科近代美術館編『森鷗外と3人

の画家たち展』、一九九七年、同美術館
山崎一穎『鷗外ゆかりの人々』、平成二十一年、おうふう
山崎一穎『森鷗外　明治人の生き方』、二〇〇〇年、筑摩書房
苦木虎雄『森鷗外百話』、昭和五十五年、山陰中央新報社（ふるさと文庫7）
『鷗外』編集委員会「鷗外」101号、〈『鷗外』―創刊から100号までを振り返る〉、平成二十九年七月、
森鷗外記念会
佐渡谷重信『鷗外と西欧芸術』、一九八四年、美術公論社
鷗外研究会編『森鷗外と美術』、二〇一四年、双文社出版
小島初子『天寵残影　宮芳平伝』、一九九九年、冬芽社
宮芳平「追憶　一つの記録」、昭和三十七年、野田宇太郎編「文学散歩」十五号〈鷗外生誕百年の記念〉号
所収、文学散歩友の会事務局
宮芳平『宮芳平自伝　森鷗外に愛された画学生M君の生涯』、堀切正人編、二〇一〇年、求龍堂
竹中正夫『天寵の旅人　画家宮芳平の生涯と作品』、一九七九年、日本YMCA同盟出版部
金子幸代「鷗外の戯曲　日本の近代劇を牽引」、前出『別冊太陽　森鷗外』所収、二〇一二年、平凡社
金子幸代『鷗外と近代劇』、二〇一四年、大東出版社
金子幸代『鷗外と〈女性〉　森鷗外論究』、一九九二年、大東出版社
金子幸代『鷗外と神奈川』、二〇〇四年、神奈川新聞社
北原東代『白秋の水脈』、一九九七年、春秋社

〈村山槐多関連〉

山崎省三・今関啓司編『村山槐多遺作展覧会目録』、大正八年、兜屋画堂
村山槐多『村山槐多全画集』、一九八三年、朝日新聞社
山本太郎編『村山槐多全集（再版）』、昭和四十四年、彌生書房
草野心平『村山槐多（改訂三版）』、平成元年、日動出版部
図録『村山槐多のすべて』、一九八二年、神奈川県立近代美術館
図録『生誕100年村山槐多展』、一九九七年、福島県立美術館、三重県立美術館
図録『ガランスの悦楽　没後90年　村山槐多』、二〇〇九年、渋谷区立松濤美術館
図録『村山槐多の全貌』、平成二十三年、岡崎市美術博物館
図録『山崎省三と村山槐多』、二〇一三年、読売新聞社、美連協

＊

〈槐多の岡崎出生説をめぐって〉

村山桂次「槐ちゃん」、①『村山槐多全画集』所収、昭和五十八年、朝日新聞社　②〈初出〉「アトリヱ」大正十四年三月号所収、アトリヱ社　③〈後出〉『画学生の頃』所収、昭和五年、アトリヱ社（代表・北原義雄、牛込区喜久井町三十四）
嶺田丘造「山本鼎と村山槐多」、「学友」六号所収、昭和三十八年三月、愛知県立岡崎高校
嶺田丘造「村山槐多の思い出」、「中央公論」昭和四十四年二月号所収、中央公論社
嶺田芳子『愉しかりしわが生涯』、一九七九年、非売品、装幀・村山太郎
嶺田雪子「うたかたの記」、『愉しかりしわが生涯』所収

杉浦兼次「槐多の在籍地」、『三河の句歌人』所収、平成十一年、愛知県郷土資料刊行会
岡崎の人物史編集委員会編「嶺田丘七」、「山本鼎」、『岡崎の人物史』所収、昭和五十四年、同編集委員会（岡崎市立大樹寺小学校内）
小崎軍司『夢多き先覚の画家　山本鼎評伝』、昭和五十四年、信濃路
山越脩蔵編『山本鼎の手紙』、一九七一年、上田市教育委員会
図録『山本鼎生誕一二〇年展』、前澤朋美・山田俊幸編、二〇〇二年、上田市立山本鼎記念館
嶋村光希子記者「画家村山槐多は岡崎出身」、「中日新聞」二〇一一年一二月二日（金）朝刊所収、愛知総合版、第二十一面
芸術新潮編集部「学芸員が暴いた！　槐多と鼎の大作ミステリー」、「芸術新潮」二〇一一年十二月号所収、二〇一一年十二月二十五日発行、新潮社
村松和明『引き裂かれた絵の真相　夭折の天才村山槐多の謎』、二〇一三年、講談社
『花美術館　ｖｏｌ51　特集　村山槐多』、二〇一六年、花美術館
丸山ひかり記者「美の履歴書　495　〈湖水と女〉村山槐多」、「朝日新聞」夕刊、二〇一七年四月十一日号

＊

匠秀夫『大正の個性派　栄光と挫折の画家群像』、昭和五十八年、有斐閣
陰里鉄郎『村山槐多と関根正二』、昭和五十四年、至文堂
酒井忠康編『槐多の歌へる　村山槐多詩文集』、平成二十年、講談社文芸文庫
酒井忠康『遠い太鼓　日本近代美術私考』、一九九〇年、小沢書店
小倉忠夫『日本洋画の道標』、一九九二年、京都新聞社

岡田隆彦『日本の世紀末』、昭和五十一年、小沢書店
岩瀬敏彦「村山槐多論」、「美術手帖」一九五八年七月号、美術出版社
海野弘『東京風景史の人々』、昭和六十三年、中央公論社
海野弘『都市風景の発見』、昭和五十七年、求龍堂
丹尾安典「研究余滴　槐多拾遺抄」、「比較文学年誌」28号、平成四年三月、早稲田大学比較文学研究室
丹尾安典・高橋睦郎・佐々木央「芸術新潮」〔特集＝村山槐多の詩（うた）〕、一九九七年三月号、新潮社
佐々木央『森鷗外と村山槐多　わが空はなつかしき』、二〇一二年、冨山房インターナショナル
荒波力『火だるま槐多』、平成八年、春秋社
土方明司監修『画家たちの二十歳の原点』、二〇一一年、求龍堂
土方明司他監修『画家の詩、詩人の絵』、二〇一五年、青幻舎
稲垣真美「新説村山槐多の京都」、「京都新聞」二〇一五年五月二日〜十月三日（全六回）
稲垣真美「都ものがたり　京都　村山槐多の詩」、「朝日新聞」夕刊、二〇一七年十二月二十一日号
ジャン・ピエロ『デカダンスの想像力』、渡辺義愛訳、一九八七年、白水社
シュネデール他「特集＝デカダンス　爛熟と頽廃の美学」、「ユリイカ」一九七八年十月号、青土社
清水孝純他「特集＝デカダンスの光芒」、「ドストエーフスキイ研究Ⅱ」、一九八五年、海燕書房
道籏泰三『堕ちゆく者たちの反転　ベンヤミンの「非人間」によせて』、二〇一五年、岩波書店

村山槐多《乞食と女》再考

——いとかなしき答あり

村山槐多が絵画デビューを果たすのは、大正三年十月の第一回二科美術展覧会（於上野竹之台陳列館）で、《庭園の少女》《田端の崖》ほか計四点の水彩を出品した。会場では第一室に展示されたが、お隣の第二室には、初入選した平沢三味二の水彩《昆布乾すアイヌ》も出展されていた。平沢三味二とは、戦後帝銀事件の犯人とされた平沢貞通の若き日の姿で前年六月の日本水彩画会第一回展にも平沢不朽の名前で出品していた。

1.〈集大成〉としての院賞受賞作

その二科展から三年後——。

二十二の時だ。私は国へ行つて来て見ると彼は「田端から」四谷の荒木町に住んでゐた。「い丶ぜ、荒木町だ。芸者屋町だ」と云つて、地勢が穴のやうになつてゐて自分の部屋から　待合の沢山な灯が見える事や、三味がい丶事や、近所のミツ豆ホールに若い芸者が来て集る事や、それ等の一人と話すやうになつたと云ふ事や（この事は一番力を入れた）を話し「好い顔があるぜ一ぺん来て見ないか」と云つて、（略）「乞食と女」を製作する為めに、ここへ来たのであつた。（補注佐々木、以下同）

なるほど昼間は閑静で、彼の部屋から［大正六年］六月の新緑の木々や、その間にある大きな料理屋や待合が見渡せたのであつた。

彼の借りた部屋は四畳半の二階で、一方の窓の外は地勢が高くなつてゐた。」（山崎省三「槐多と四谷の住ひ」、『槐多の歌へる其後』所収、以下『其後』と略）

槐多と最も親和した日本美術院の画友（横須賀生まれ）の回想である。その二ヵ月後の大正六年八月、今度は伊豆大島の泉津《せんづ》にいる槐多より四谷荒木町の山崎宛てに書簡が出されている。「君は四谷に居る事と思ふ、僕の画は《乞食と女》と命名して呉れ給へ、価格二百円に」。ここにいう命名を依頼した《乞食と女》とは、二科展以来となる上野竹之台陳列館に於いての第四回日本美術院展覧会（大正六年九月十一日から三十日）で、院賞を受賞した槐多の集大成とも言える油彩傑作のことである。没後収蔵されていた槐多の母校・京都一中から戦後、額縁を残したまま切り取られて行方不明となっている。近年、卒業生の稲垣真美氏らによって、額縁入り原寸大の複製版が制作されている。

画面は「二尺×四尺」という縦長様式で、画面奥左には沈思している男が木立の下に単座しているのが見える。中央の非日常的風情の女性は、束髪で異様に白い相貌と黄色い斑点紋様のある紫の和服を着ており、観音菩薩像のように佇立している。対する醜貌の乞食はガランス（茜色。小豆色に似る）の輪郭を帯び、右膝を立て、右手を差し出して恵みを乞うている。女は左手に赤い財布を持ち銅貨を渡そうとしているのだろうか、女の右手は済度するかのようで、その足元も含め異様な白さを帯びており、両者の視線は交差せぬままである。画中に於いては〈紫、黄〉〈赤、緑〉といった補色的な賦彩が際立って照応し、「色彩の強劇」(「信州日記」大正四年十月三十日、『村山槐多全集』所収、以下『全集』と略)を醸成している。(参照、『村山槐多遺作展覧会目録』、以下『目録』と略)

村山槐多《乞食と女》

2.〈運命の女〉お玉さん

この油彩《乞食と女》について、京都出身で美術院の画友であった長島重は、「大正六年《乞食と女》が出来ました。/美しく着飾つた女が見るにたへない癩病乞食に銭を与へ様として居る処です」（「追想」、『目録』所収）と記し、「美しく着飾つた女」については、弘田江里氏が「槐多の素描「お玉さん」」（季刊「流域」四十号）という一文で、見つかった未発表の《おたまさん》の素描の裏面には以下のような毛筆による認め書きがあると摘記されていた。「これは槐多の恋人おたまさんの顔である。有名な乞食と少女《（ママ）》もこのおたまさんをかいたもの」「夭折した天才画家村山槐多の筆也……槐多の［美術院の］友人原田恭平氏が槐多の雑記帳一冊を持って東京から京都へ来て」。女の相貌は、三十歳前後であろうか。弘田氏稿によって槐多の《乞食と女》は〈運命の女〉とも言えるモデル女お玉さんであることが分かってきたのである。もう一例、ほとんど引用されることもないお玉さんについての追想も併記しておこう。再び山崎省三である。

彼は死ぬ程強い恋をした。或る貧しい女性とのそうした失恋の結果は、確かに或る失意と一生の懊悩だつたに違いないと思ふ。そしてこれらの背後に織りなした頽廃の伴奏曲。酒よ。煙草よ。未知の令嬢よ。女よ。（「槐多君の遺展に際して」、『目録』所収）

弘田氏文の通り《乞食と女》の面貌はそのお玉さんであるかもしれないが、全体的には山崎の言う「或る貧しい女性」という印象は希薄であり、どちらかと言えば華美で艶《あで》やかさが目立つばかりである。同年の詩に、「この真白なばけ者が手早く／ぎらつく様な紫のきものをかぶつた／裸一杯に。」（「化粧」大正六年、『全集』所収）も残されており、合成像として制作されたものであろうか。山崎が述べる通り、「失恋の結果」と「頽廃」の因果関係は、この《乞食と女》の中にも陰翳を落としている。生命感横溢の《尿《ユバリ》する裸僧》（大正四年）と比べてみれば、画面はより静謐となり、デカダンスへの勾配も滲ませる。しかしながら、槐多の物語における対象との隔絶は縮められず、言わば空疎な一人芝居によって自己完結しているばかりである。

槐多の素描《おたまさん》

「〈さちよさん〉にしろ、〈おばさん〉にしろ、〈お玉さん〉にしろ彼が此れまで多少の愛を持つて対して来た女性のすべては皆弱い、どちらかと云へば陰の薄い、一般の人々からは所謂女としてもみとめられない様な人達であつた。其処に槐多のセンチメンタルな一面があり、彼の趣味を裏切る或る弱さがあつたのだ」（「最後の生活」、『其後』所収）という山本路郎の指摘もある。この山本の回想とは対蹠的に、《乞食と女》の和装女性は、「弱い」「陰の薄い」というよりも、むしろ煌びやかで権高な雰囲気を瀰漫させ、そこには触れることのできぬ槐多の断念が内攻的に表現されている。相互の視線が交わらぬ所以であろう。

3．四谷須賀神社の〈ハレ〉の日に

《乞食と女》が制作された場所は、花柳界のあった三業地・東京四谷荒木町である。両親は大正四年十一月上京してやはり花街のあった神楽坂におり、母たまは名取で芸妓衆に三絃・長唄など教えていた。槐多はしばしば往還していたが、乞食が四谷周辺に見られたかどうかは、『四谷警察署史　創立百年記念』（昭和五十一年、同署）所収の「須賀町の坂」の項で明らかである。参詣者が絶えない寺院周辺に〈乞食坂〉なるものができていたというのである。

槐多がいた荒木町の近辺は「穴のやう」な擂り鉢状の地形で、その底には策《むち》の池があり、津之守弁財天が祀られている。以前（平成十一年五月）訪ねた折には、そのすぐ隣は駐車場になっていたが、今回再び来てみると、一戸建ての住宅が立ち並んで様変わりしていた。その窪地から現在の四谷荒木町の車力門通りを抜け、新宿通りを横切って南下してみると、その入り口に円通寺坂という坂がある。坂の名称となった円通寺（寛永十七年開山）は形を変えて今もあり、坂道をくねくねと下りていくと、永井荷風の「日和下駄」（大正三年）にも顔を出す、かの鮫河橋界隈（当時）にたどり着く。松原岩五郎が変装取材したところである。

途中には急勾配の石段が右手に見え、そこを上がると古くからの須賀神社がある。その参詣道の入り口としての円通寺坂などには、参拝者目当ての乞食たちも見られたのであろうか。石段を上り詰めたところに広がる境内にも、点在する姿が見られたのではとも想像してみる。
この四谷郷社・須賀神社は、守屋哲四郎の『四谷懐古録』（橋本允雄、昭和三年）で、次のように紹介されている。「須賀町にある。あつく尊崇されて居る四谷の鎮守の社である。（略）〈毎年六月十八日の祭日〉には、氏子たる全区の賑ひいさましく小学校も休業となり児童総代は玉串をささげて参拝する。現在の社殿は、文化十一年の起工、文政十一年に竣工」という江戸時代からの神社なのである。槐多が四谷荒木町に来たのは大正六年六月。それだけに、文中の「毎年六月十八日の祭日」が目を引く。この〈ハレ〉の日は物乞いたちにとって、陽光の下に繰り出すにはうってつけの日であり、件の油彩が出品されるのはその日から三ヵ月に満たぬ九月十一日のことである。

だが、六月の祭日に繰り出した乞食という仮想は、いささか早計すぎるのかもしれない。荒木町に来る前の田端日記（大正四年五月二十二日）には、すでに「どこまでも俺の執念の続く限り俺の企図は続くであらう、《女子らと癩者》はいつ生まれるか。とに角その誕生の時は必ず来る。この絵は俺の第一のものであらねばならぬ、俺の処女作が一九一五年に出でるか一九一六［年］にかとに角爆弾の投ぜられるのは近い内だ」と述べられており、ここに言う槐多の「俺の企図は続く」、「俺の第一のものであらねばならぬ」からも、かつて岩瀬敏彦が「この「女子等と癩者」の構想は、幾多の変転をへて、「乞食と女」に形象化されている」（「村山槐多論」、「美術手帖」昭和三十三年七月号所収）と推論したのも頷けよう。

4. 洛中の乞食《こつじき》たち

私はある時、野間光辰『洛中獨歩抄』（淡交社、昭和四十二年）所収の「銅駝餘霞楼《どうだよかろう》」を読んでいた。「銅駝」と言えば、槐多が明治三十六年三月に卒園した銅駝幼稚園を連想するが、この文では更に江戸期に遡って京都の「乞食」について言及されていた。

> 中嶋棕隠、また因果居士の別号にて『都繁盛記』（天保八年刊）の作あり。かの寺門《てらかど》静軒の『江戸繁盛記』（天保二年刊）に倣《なら》ひて、今を距《さ》る百三十年昔の京の繁昌を記せしものなり。その巻頭に「乞食《こつじき》」の一章を据ゑしは、乞食の多き却《（かえっ）》て都の繁昌を呈《しめ》すと、いはむとするもののごとし。
>
> さいへば、われの知る限りにても、十年ほど前までは［執筆は昭和四十一年］、四條・五條の橋々はいふに及ばず、祇園・清水・北野・六條・東寺など、京に多き寺社の門前には必ず乞食の群《むれ》なしてゐたるものなり。しかるにこの頃は、何処《いづく》に行きても乞食の姿など見当らず。

中嶋棕隠《なかじまそういん》とは、江戸時代の儒学者であり、端唄「京の四季」の作者でもある。槐多は田端にいたころ、小杉未醒宅近くに住む福井小町と謳われた〝渡部《わたなべ》のおばさん〟からこの「京の四季」を習っていた。（ちなみに草野心平『村山槐多』所収の水木伸一筆小杉邸見取り図ではおばさんの家作は槐多の家作の隣となっているが、実際には小杉邸外に居住していたようであり、縁者渡部氏によれば、〈本間のおばさん〉のことではないかとされる。）上京後の槐多にあっては、「乞食」にせよ「女」にせよ、脳裡に於いては京都時代の〈記憶〉が潜在していたものであり、〈記憶〉と現実とが錯綜しながら明滅する心象の映像化であるとも言えよう。しかも自らを癩の乞食として〈自己処罰〉しつつ、同時に犠牲者として〈自己救済〉するという両義性を仮託した画面となっているのである。

《乞食と女》の背後にある並木道の左手前には、男がひとりうずくまっている。ムンクの油彩に《浜辺のメランコリー、あるいは嫉妬》（一八九一－九二年）がある。ムンクの油彩《浜辺の～》にも、やはり沈思するような男の顔が画布右下に描かれている。小さくない石塊が転がる浜辺の左遠方には海に突き出た桟橋が見え、その上には三人の人物が並び、右端は白い衣服の若い女性のようである（ムンクの《桟橋の少女》でも三人の少女が並び、この遠景三人もすべて女性なのかもしれないが）。《乞食と女》の遠景の男は、前面の乞食同様槐多の分身のようにも考えられようが、なんとなくムンクの画布の男を思い出させもする。槐多における三者〈乞食と女〉対〈単坐する男〉、ムンクにおける四者〈浜辺の男〉対〈桟橋の三人〉という前景後景の対角線の布置のなかに、何かしらの〈黙劇〉の進行が推測される。

5. クレイグとワグネルの影

当時を回想したもののひとつに林達夫の晩年の対談がある。林は槐多とは同年齢ながら、同じ母校の京都一中入学は林の方が二年遅く、明治四十四年の入学である。（参考、久野収編『回想の林達夫』、一九九二年、日本エディタースクール出版部）

［小山内薫との講演会の中で］お得意のゴードン・クレイグを持ち出す――そうなるともう上田［敏］さんの独壇場です――。新劇のバイブルだと言われている、クレイグの本の紹介をする。それがOn the Art of Theatre（『劇場芸術について』）でした。

それを耳にしたんで、数日してから、岡崎公園にある［京都］府立図書館へ行き、洋書のカタログを見ると、あるある、こんな図書館にもあるんですよ、そのえらい本が。（略）そうしたら、槐多がどこからかヒョロヒョロと――あいつ、いつも飄然としたピエロみたいでした――現われて来て、これもやはり堂々たる貫禄のある洋書を一冊返すんです。〝何を読んでるの〟と聞いたら、〝プラトンを読んでいる〟と言う。いやあ、びっくりしましたね。」（林達夫・久野収『増補思想のドラマトゥルギー』、昭和五十九年、平凡社）

上田敏が出てくる。敏は槐多の母・たまとは馬が合い、京都に来た森鷗外のところにともに出かけている。村山たまは農相・陸奥宗光の秘書官をした織田完之《かんし》の紹介で敏の盟友である森鷗外の新婚家庭へ出向いて仕えたことがあり、暇を取ったのちも、鷗外の母・峰を介して敏の邸にも出入りするようになっていたのである。

ここで上田敏の紹介したクレイグの洋書『劇場芸術について』は未見であるが、ある時、戦前刊の函入り邦訳版を入手した。函には横書きで「演劇研究家の寳典 美術家の參考書」とあり、書名は『新劇原論』(ゴルドン・クレイグ著、渡平民訳、大正九年、演劇研究会)となっていた。函から取り出すと、同じく「On The Art Of The Theatre」とあり、「E.GORDON CRAIG」と書かれている。

槐多自身、交流のあった鷗外の長男・森於菟や京都一中時代の恩師・錦田義富、そして前出の友人・山本二郎(筆名・路郎。京都生まれ。のち早大進学)などの影響もあり、演劇への関心も並々ならぬものがあった。「小生は英文などは直覚に読んで大体の意味をとることしか出来ない人間にて候」(「錦田先生へ」大正三年、『全集』所収)と槐多は述べていたが、林達夫が「新劇のバイブル」と述べたクレイグの原著を、京都府立図書館などで手に取ることもありえないことではない。ここではひとまず、邦訳を開いてみる。

劇場芸術は俳優の技芸でも、戯曲でもありません。又背景でも舞踊でもありません。然しこれ等のものの組成をなしてゐる要素の凡てから成立つてゐます。俳優の技芸《アクティング》の本質である動作、戯曲の本体である詞《ウアード》、背景の生命をなす線《ライン》と色《カラー》、舞踊の要素たる韻律《リズム》から成立つてゐるのです。〔動作、詞、線、色、韻律という五要素のうち〕どれが他のものよりも重要であるとは云へません。画家にとつて、どの色も等しく重要である如く、又音楽家にとつてもどの音調が特に重要と云へないのと同じです。

ここには、槐多が関心を寄せたワグネル（ワグナー）との近似が見られる。前掲の「錦田先生へ」の中で、槐多は「多分小生の生涯の後半期はイプセンと相成り申す可く候。前半期は或はワグネルの音楽絵画の傾向にありたく思ひ候。」と書き残してもいた。「ワグネルの音楽絵画の傾向」とは、おそらくは全体劇としての楽劇を念頭に置いてのものであろうが、とりわけその中の「神話劇的な側面」を指しているのかもしれない。槐多も「僕は又、神話画を画く。其神話画は単に、過去に存在した神話では駄目だ、未来の神話、現在の神話でなければ駄目だ。」（「山本鼎氏へ」年月不明、『全集』所収）と述べていたのである。

槐多が京都一中時代に、ワグネルに関心を寄せるようになった由縁は確認できないが、神林恒道氏によれば、すでに大正期以前に、槐多とも関係深い森鷗外と上田敏とのワグネル論争が生起したことが紹介され、明治期のワグナーへの熱狂についてもこう述べられている。

だが当時の現実の状況を考慮するならば、こうしたヴァーグナーへの熱狂も、多分に観念的なものであったに違いない。そうした動きの中核となったのが、ケーベルとそれを取り囲む学生たちであったことは想像に難くない。それらの人物たちの中でも、音楽以上にヴァーグナーの思想哲学に共鳴し、これを世に喧伝したのが、ケーベルの指示を受けてショウペンハウアーとシェリングを研究した姉崎正治であり、その親友であった樗牛高山林次郎であった。ただし樗牛がヴァーグナーを論じるとき、ニーチェが必ずセットで登場してくる。けだしあの『悲劇の誕生』は、ヴァーグナーとショウペンハウアーとニーチェの輪舞とでも言える著作である。(『近代日本「美学」の誕生』、平成十八年、講談社)

森鷗外などはドイツ留学で経験したオペラの移入を願っていたが、国内では当時まだ大規模な楽劇は開催されなかった。それゆえに槐多もあるいは、上田敏「綜合藝術」(『思想問題』所収、大正二年、近代文藝社)などを参照しつつ、「音楽以上にヴァーグナーの思想哲学に共鳴」した、とも考えられる。前述の「前半期は或はワグネルの音楽絵画の傾向にありたく思ひ候」という、その生涯の「前半期」にあたる「神話劇的側面」に依拠した「現在の神話」として絵画化された結晶がこの《乞食と女》なのである。

6. 二重写しの《コフェテュア王と乞食娘》

いつだったか、高橋裕子氏の『イギリス美術』（平成十年、岩波書店）を取り出して読んでいた。「音楽をめざす絵画・世紀末のイギリス美術」の章にさしかかった。

バーン＝ジョーンズの《コフェテュア王と乞食娘》も、物語にもとづきながらあえて語らない絵画である。イギリス古謡によれば、女嫌いのコフェテュア王は、ある日たまたま美しい乞食娘に目をとめて恋に落ち、彼女を王妃に迎えることを誓う。ヴィクトリア朝の詩人テニスンがこの伝説をもとに作った詩では、王と廷臣たちによる乞食娘の美しさの賛美が強調されており、バーン＝ジョーンズの表現はそれにヒントを得たかもしれない。物語の叙述には横長画面の方が好都合だが、画家は縦長の画面を採用し、人物を静止させて上下に配置した。そのために物語性は弱められ、王の乞食娘に対する賛美、あるいはむしろ帰依といった観念を表すものとなった。

左頁を見ると、油彩《コフェテュア王と乞食娘》（一八八四年）のモノクロ図版が、少し不鮮明ながら掲載されていた。画面に見入った。画題も含め槐多の《乞食と女》が二重写しとなって浮かび上がってきた。高橋氏によれば、「この絵の構図は、イタリア世紀末の画家マンテーニャの祭壇画《勝利の聖母》（ルーヴル美術館蔵、［一四九六年］）をヒントにしている」とされ、更なる源流について遡及されていた。

爾後私は、槐多の《乞食と女》は、あるいはこのバーン＝ジョーンズの《コフェテュア王と乞食娘》から〈聖賤〉の枠組みを本歌取りのように摂取しながら独創的に再構成したものではないか、という思いに捉われることになった。

どちらの画面も縦長で、女性も共に蒼白な見相をしており、女性を上位に男性は下位に配置し、視線は交差していない。乞食娘は「〈拒絶された愛〉を意味するアネモネ」を右手に持ち（平松洋『バーン＝ジョーンズの世界』参照、KADOKAWA、平成二十六年）、他方の和服女性では〈赤い財布〉を左手に、右手に硬貨を持っている。その女性への「賛美」「帰依」と「拒絶された愛」という提題が一対となっているようにも見える。《コフェテュア王と乞食娘》では「人物を静止させて上下に配置し」、「そのため物語性は弱められた」

E・バーン＝ジョーンズ
《コフェテュア王と乞食娘》

（高橋氏）が、槐多の《乞食と女》に於いても、〈モデル女性〉をめぐる歪《いびつ》な演劇性即ち「拒絶された愛」をめぐる「現在の神話」が読み取れ、それだけに、そのことを制御して頌歌を強調するためにも、縦長画面が採用されたと考えられないわけでもない。

しばらくぶりに、私はラファエル前派が気になった。槐多の「彼《か》の、ラファエル前派、或は、サロン・アンデパンダン、の如き芸術運動を」（前掲「山本鼎氏へ」）という記述も思い出した。すぐさま、ロンドンで出版された『BURNE-JONES』（１９８９年）という一冊の図録を見つけ出し、点検してみると、以下の三図版が収録されていた。

①《King Cophetua and The Beggar Maid》（1880–1884,oil on canvas）

②《Design for 'King Cophetua and the Beggar Maid'》（1885,gouache）

③《Design for 'King Cophetua and the Beggar Maid'》（1885,pencil）

高橋氏の著書に使用されていたのはその最初の図版①であり、洋書図録ではカラーでより鮮明に見える。あとの二点は初めて見るものだったが、三点とも《乞食と女》に寄り添う影のように相似形を見せている。これらのいずれかは、上野の帝国図書館などで複製図版として閲覧できたのかもしれない。更に参考図版として、マンテーニャの④《Madonna della Vittoria》（1496）がモノクロで掲載され、「The germ of the idea for Cophetua is contained in this painting.」という説明書きが添えられている。

母胎となったというテニソンの原詩「THE BEGGAR MAID」（１８４２年）は、オックスフォード大学刊の『POEMS OF TENNYSON』（1912年）で確認できた。J・マーシュ『ラファエル前派の女たち』（蛭川久康訳、平成九年、平凡社）には、その邦訳が挿入されている。

娘は腕を胸の上に交差させてよこたわっていた、
その麗しさは言葉で表すことができないほどだった、
素足のままその乞食娘が／コフィチュア王の前にやってきた。
礼服と王冠姿の王が石段をおりてきて、／娘を途中で出迎え、挨拶をした。
「なんの不思議もない」と領主たちが言った、／「娘は昼より美しいのだから」
雲に覆われた夜空に月が輝くと、／貧しい身なりの娘が姿をみせた、
その足首を、目を、たたえる者、／その黒髪を、愛らしい姿をたたえる者。
それほど優しい顔、天使のごとき気品、／すべてはかつてこの地上になかったもの、
コフィチュアは王として誓いを宣した、／「この乞食娘をわが妃としよう！」

私は「この乞食娘をわが妃としよう！」という最後の行に触れた時、槐多の母方の祖父母、山本良斎・万世《ませ》のことを思った。良斎は京都で医学を学び、三河岡崎藩（明治二年に本多忠直が最後の藩主）の典医だったという。「御典医というのは全く世間の通言《つうげん》であったから、その種目を

見たり、表向きの名前等を見るには、武鑑に書いてあるのによる外はない」（稲垣史生編『三田村鳶魚江戸武家事典』）とされる。「武鑑」とは「江戸時代、武家の姓名・紋所・知行高・居城・家来の姓名などを記載した書」（小学館『日本国語大辞典』）のことらしいが、良斎が医師であったことは種痘証の存在から証明できる。他方、娶った妻の万世は、もとはと言えば小さな寒村から出てきた〈子守りの少女〉であったが、子宝に恵まれて夫婦安穏の日々を得たことに思い及んだのである。

7. 村山槐多の〈ガランス〉

槐多は、上京後の大正四年には《六本手のある女》（消失か）、《尿する裸僧》（信濃デッサン館蔵）、《女子等と癩者》（未完成）、大正五年には《猿と女》（消失か）、そして大正六年の《乞食と女》（行方不明）という言わば異系の油彩群をも形成していたが、京都一中の五年生当時には、すでに、「吾は待つ、更に怪奇な、突飛な世界が続々と出現せむことを。かくして人生は進歩し、超越するのである。」（「人の世界」大正二年十月二十七日）と「怪奇な、突飛な世界」出現への待望が語られていた。

ロミは『突飛なるものの歴史』（高遠弘美訳、平成二十二年、平凡社）という書の中で、

「〈突飛な《アンソリット》〉という言葉の同義語は〈変わった《エトランジュ》〉〈異様な《ビザール》〉〈奇異な《サンギュリエ》〉〈並外れた《エクストラオルディネール》〉〈奇矯な《エクサントリック》〉〈型破りの《イニュジテ》〉であるが、それらに共通するのは「慣習やしきたり、習慣や良識に反した」という点である。」とし、「生活様式やスタイルがどれほど移り変わっても、突飛なものを企てるそもそもの基盤にはたいていの場合、〈束縛からの解放〉という欲求をみてとることができる。」と述べていた。村山槐多に於いても、「突飛な世界」を現出させることは、内部にある「束縛からの解放」そのものでもあった。

　では、槐多にとって自らを「束縛」したものとは何か。一例から考えてみれば、槐多には白秋調の、「腐りたる血をもてわれの顔を塗る赤き夕日のいともさびしき」（大正四年）という短歌もある。《乞食と女》制作の二年前の作歌である。わが顔をおおう沈淪する「赤き夕日」。それは視覚ではなく知覚による「腐りたる血」の色として把捉され、画布の上ではガランス（茜色）として染め上げられていくはずである。

　田中英道氏は『画家と自画像』（昭和五十八年、日本経済新聞社）の中で、レンブラントの自画像群（初期のエッチングには〈乞食〉の自画像もある）について触れつつ、「そこにはデューラーのような、画家の高い精神的地位の自覚も、ティツィアーノの威厳への志向もない。彼は自己の理想化を拒否しているのではない。理想化できぬ自分を理解しているのである。」と述べていたが、思えば槐多にあっても、《乞食と女》に於いては、同じく「理想化できぬ自分」の姿をそこに具象化させ、「賛美」し「帰依」する見高な女性との対照を呈示して自己貶下を表白した。

槐多は「自己の理想化」を希求しつつも、デカダンスに下降していく。しかしながら、デカダンスとは、反面に於いて少なからず「束縛からの解放」を内包するものでもある。槐多という「理想化できぬ自分」の内奥にあって最も自己を「束縛」したもの、それは、かなしき譬喩としての〈ガランス〉であった。

〈参考資料〉

山崎省三・今関啓司編『村山槐多遺作展覧会目録』大正八年　兜屋画堂
山崎省三編『槐多画集』大正十年　アルス
山本二郎編『槐多の歌へる其後』大正十年　アルス
山本太郎編『村山槐多全集』再版、昭和四十四年、彌生書房
弘田江里「槐多の素描「おたまさん」」季刊「流域」四十号、平成七年十一月、青山社
佐々木央「四谷荒木町のアナクレオン－村山槐多の油彩《乞食と女》を追う」「繪」四三六号、平成十三年一・二月新春号、日動画廊

〔初出：季刊「流域」79号、平成二十八年十一月、青山社〕

伊豆大島の村山槐多

――《大島の水汲み女》と《差木地村ポンプ庫》をめぐって

1.《コフェテュア王と乞食娘》と《乞食と女》補記

四谷にいた村山槐多の、水彩《カンナと少女》（大正四年）に続く院賞受賞作、油彩《乞食と女》（大正六年）については、エドワード・バーン＝ジョーンズ（以下ＢＪ）のレジオン・ドヌール賞受賞作、油彩《コフェテュア王と乞食娘》（１８８４年、以下《乞食娘》）との、類同について推論してみた。（小文「村山槐多《乞食と女》再考―いとかなしき答あり」、季刊「流域」79号）追記すれば、ＢＪの《乞食娘》には、類似作の油彩が数点のみならず、水彩（１８８３年）も存在する。他にもやはり油彩の《魂の成就　The Soul Attains》（１８６８～70年）なども、見方によっては《乞食と女》と共振するものもなくはない。画面は若い無着衣女性の彫像が左に立ち、右側にはその両手を取って右膝を立てて跪く若者が配置されている。右奥には〈赤い花〉が咲き誇る。《乞食娘》に於いても、娘はアネモネの〈赤い花〉を手にしていたが、ともにアネモネの花であろうか。ヴィクトリア朝時代の花言葉で、アネモネは「孤独の、見捨てられた」を意味するという（ファニー・ロビンソン『ヴィクトリアンの花詩集』桐原春子訳、平成十二年、岳陽舎）。この男は仰ぐようにして面差しを見詰めているが、娘の視線はやはり咬み合わないままである。この《魂の成就》（平松洋『バーン＝ジョーンズの世界』による画題）に触れて、ジャン・マーシュは『ラファエル前派画集「女」』（リブロポート、１９９０年、）で、

《入魂》［《魂の成就》］では、彫刻家は生身の美人に敬意を表してひざまずいている。これらはすべて情熱的であるが清純で、創造の隠喩になっている。美と芸術が女性像の中で一つになっているのだ。バーン＝ジョーンズの作品すべてにわたって、美しい女性は芸術家の知と精神の象徴として使われている。（河村錠一郎訳）

と述べている。しかしながら、それらＢＪの《乞食娘》や《魂の成就》と槐多の《乞食と女》との類推から、後者の源泉として結論づけられるわけでもなく、暗合であることもありえよう。更に槐多がこれらのＢＪ作品とどこで向き合える機会があったかということもある。木股知史編『近代日本の象徴主義』（おうふう、２００４年）の「Ⅱ 美術と文学」の章では、ＢＪの《乞食娘》について取り上げられていた。しかも、かの嘲風姉崎正治が明治三十六年に著した『復活の曙光』（有朋館）の単色口絵となった《乞食娘》に触れられていたのである。幸い、同姉崎著は初版を入手できたが、口絵を見ると、童子ふたりのいる上部と画面下部は切除されていたのである。槐多はあるいはこの単色図版を模写し、その下絵をもとに独自に《乞食と女》として再構成したとも仮想はできるにせよ、輸入洋書の図版やその他出版物などで実見できたであろう余地も残される。輸入画集としては、

『Malcom Bell,Sir Edward Burne-Jones: A Record and Review, London: George Bell,1892』などが有力である。（参考、Ｂ．ウォーターズ、Ｍ．ハリスン『バーン＝ジョーンズの芸術』所収

の「参考文献」、川端康雄訳、1997年、晶文社）
岡田隆彦は『ラファエル前派』（1984年、美術公論社）に於いて、早くも「P・R・B［ラファエル前派］が盛んに紹介されるようになったのは、明治二十年代、すなわち一八八〇年代末から一八九〇年代にかけてである」と記しているように、《乞食娘》の国内図版としての嚆矢を、前掲の姉崎著であると断を下すことは、性急にすぎようが、明治期のひとつの紹介例として触れるに留める。槐多はBJ紹介の先蹤であった上田敏の影響でもあろうか、「彼の、ラフアエル前派、或は、サロン・アンデパンダン、の如き芸術運動を。」と賞揚しつつ、続けて、

そして従来の、所謂『日本的』など、云ふ、西洋人の徳川時代批評を逆輸入した様な言葉の意味を根本から改造して見せます。（略）僕はすぐに、徳川時代の物には全然興味がないのです。むしろ嘔吐を催します。（略）いつか浮世絵等に、夢中になつた時の事を思ふと冷や汗が出て来ます。」（「山本鼎氏へ」、大正三年六月か）

と書いていた。この記述は、大正七年の「我等の覘《ねら》ふ複雑化は歌麿の複雑化だ。」（『村山槐多全集』所収）という揚言に連結するのかもしれない。江戸文化の華である浮世絵の影響下にあったP・R・Bが更に日本に逆輸入され、浮世絵でも、P・R・Bでもない独自の画境を切り拓こうとしていた槐多の力線が感じられる一文となっている。既述した《乞食と女》に於ける異様な蒼白さも、

そうした円周運動の帰結であろうか。
四谷を舞台にした《乞食と女》であるが、『四谷警察署史』(昭和51年、同署)所収の「須賀町の坂」の項には〈暗闇坂《こうやみさか》〉という〈乞食坂〉について詳述されている。

永心寺わきを南に下る坂。坂下に若葉公園がある。別名、〈茶の木坂〉、〈乞食坂〉ともいう。〈暗闇坂〉は、昼間でも日の当たらぬ暗い坂であるところから名付けられた。(略)〈乞食坂〉という坂は、かならず寺院の多い場所で、その横町とか裏道とかにある。今日でもそうだが、昔は、ことに寺院の門前は乞食のかせぎ場所であった。しかも、昔は縁日というものがあって、毎日どこかの神社仏閣の縁日があったはずである。(略)そこには一年中参詣者が絶えなかったのである。そうしたところに近く、〈乞食坂〉があったというのも意味のないことではない。老若善男善女の群集するところは、いつも乞食のかせぎ場所であった。〈乞食坂〉はこうした盛り場へ出かけて行く乞食の通路であり、乞食の休息場所でもあった。〈乞食坂〉は、いつも寂しいところで、人の往来が少なく、そこへ行くと、いつでも乞食の一人や二人は、必ずうずくまっているというような坂であった。

この解説からすれば、既述の〈円通寺坂〉などは動態的な〈乞食坂〉のひとつであったのかもしれず、更に南下したところにある〈暗闇坂〉を、常態的な〈乞食坂〉と考えるのが正答なのかもしれない。しかも、最後の「そこへ行くと、いつでも乞食の一人や二人は、必ずうずくまっているという坂であった」という条《くだり》からは、《乞食と女》の画面奥左の木立の下に孤座する男を連想させもする。

2. 四谷荒木町から伊豆大島へ

槐多は、《乞食と女》を完成させたのち、美術院の友人・山崎省三を四谷の下宿に残したまま、ひとりで二度目となる伊豆大島に渡り、泉津《せんづ》という村に来ていた。大島からの山崎宛て書簡にはこうある。

君は四谷に居る事と思ふ。僕の画は《乞食と女》と命名して呉れ給へ、価格二百円に、しかし来月五日頃、一先づ江戸へかへる事に定めた。／泉津に独りで来た、い丶所だぜ、／今度一緒にまた来よう、／下の人によろしく、（大正六年八月二十二日）

ボクは当分こつちに居る（十日頃まで）／画の出品手をあはせておねがひ申すよ、牛乳を朝夕に一日六合づ丶呑む。くそがヅ［図?］の様なカドミウムで出る、／村上［為俊?］は来た

かね、長島［重］、水木［伸一］に会つたらよろしく来るやうに言つて呉れ、下の人によろしく。（大正六年八月三十一日）

槐多のいた泉津とは伊豆大島北部の岡田港の東にあり、近くに椿トンネルがある。前年の大正五年夏には、大島南部の波浮港の西にあたる差木地《さしきじ》に逗留したから、今度は北側へ来たものだろうか。槐多はこの村でこんな短歌を残してもいる。

椿の葉ざわめくばかり波立てる海の面《おもて》の深きみどりよ
熱情は肉身《にくみ》と共に肥りゆく泉津《せんづ》の邑に十日くらせば
ただひとり泉津の邑に打《うち》もだす醜き画家のあるを君知れ

秀麗な顔立ちをした槐多にも拘わらず、「醜き画家」などと仮構化する様が見て取れる。あるいは、醜劣の連鎖による内部への自己凝視からであろうか。槐多は渾身作《乞食と女》に対して「価格二百円」という売価を呈示し、完成後の一服感からか、泉津で作画をした形跡は不明である。山崎省三・今関啓司編『村山槐多遺作展覧会目録』（大正八年、兜屋画堂）の「展覧目録」には、大正六年の大島作品は見られず、前大正五年の大島作品として以下のような四点が列挙されている。図版はいずれも収録されていない。

12　大島の水汲［み］女　油彩　4号
13　大島風景　油彩　4号
14　村のポンプ庫　油彩　12号　笹［秀松］氏蔵
15　自画像（大島にて）　油彩　12号　非売［品］

今度は二年後に刊行された山崎省三編『槐多画集』（大正十年、アルスを開くと、
14　大島の水汲［み］女　油彩　1・10×0・75尺　滝田哲太郎氏蔵
として単色図版で収録されており、大島作品はこの一点のみであった。槐多は以上の四点以外にも描いたとも思われるが、とりわけ知られる大島油彩は、《大島の水汲み女》と「村のポンプ庫」とされた《差木地《さしきじ》村ポンプ庫》の二作であろう。

3.《大島の水汲み女》と「中央公論」

まず《大島の水汲み女》である。大正五年七月から八月にかけての大島行は、モデル女お玉による傷心の旅であったとされている。頭上に水桶を乗せた水汲み女性の顔立ちにはお玉の面影とともに、京都の〈販女〉たち（頭上に柴を乗せる〈大原女〉や頭上に花を乗せる〈白川女〉など）

への追憶も重ねられているのかもしれない。全体的に槐多独得の筆触は感じられず、どんよりとした群青色の空と濃緑色の海の彼方には、水汲み女の見相同様に明るみが射し、再生への願いをのぞかせる。対する家屋の屋根と水汲み女着衣の代赭《たいしゃ》色は、空や海との補色的対蹠をなし、総体的には明澄よりも暗影がまさる筆致となっている。

もう随分前になる。ある時、一冊の図録を見つけた。『日本近代文学館創立記念　近代文学史展』（昭和二十八年、毎日新聞・日本近代文学館）というもので、頁を繰ると、最後のほうに「Ⅶ特別出品」の項があり、村山槐多のことが記載されていた。

特－6　村山槐多『大嶋水汲女』　麻田宏氏蔵

村山槐多（明二九―大八）は詩人であり、画家であった。ボードレール、ポオなどのデカダンな詩風にあこがれ、遺稿集として『槐多の歌へる』（大九）、『槐多の歌へる其後』（大一〇）をのこした。この絵はそれの〈裏書き〉によれば〈大正五年九月〉の作。雑誌の口絵に描かれたものでもあろうか。

右の解説からは、原題の〈大嶋水汲女〉とともに〈麻田宏氏〉という所蔵者名と、〈大正五年九月〉という裏書きが知られる。しばらくしてのち、ある函入りの書物を手にした。『麻田駒之助　俳号椎花の追想』（昭和45年、中央公論事業出版）という非売品である。著者はと見ると、その麻田宏氏であった。氏は当時の東大名誉教授であり、亡父・麻田駒之助は、初代の中央公論社長だったのである。駒之助の略歴が掲載されており、摘記すると、

明治二年十月十四日、京都市に生まれる、京都府立中学校を了えて、稚松小学校に奉職。

明治二十八年より「京都の」西本願寺に所属する「反省会雑誌」（明治二十年八月発刊、同三十二年一月に「中央公論」と改名す）に関係する。

明治三十七年、「中央公論」を主宰し、独立して初代社長となる。

昭和三年七月、右社長を辞任する。

昭和二十三年十一月二十四日、福島県須賀川町で歿する。


となる。卒業した京都府立中学校（明治三年開校）とは京都府立一中の前身であり、槐多とは同じ母校ということになる。槐多が伊豆大島にいた大正五年頃は、麻田駒之助は中央公論の社長だが、大正十年刊の『槐多画集』では、この《大島の水汲み女》は「滝田哲太郎氏蔵」となっていた。滝田哲太郎とは、麻田社長の下にいた辣腕編集者、滝田樗陰の本名であり、樗陰の死後麻田社長の手に渡ったとも考えられるのである。

前出の『麻田駒之助』の「まえがき」の最後にこうある。麻田宏氏は「（附記）日本近代文学館への寄贈品」として、「一、書簡　二、葉書　三、遺墨・遺稿」と三分類し、「三、遺墨・遺稿」

の掉尾に、〈村山槐多（油絵）〉と収載していた。この〈（油絵）〉が槐多の《大島の水汲み女》であろう。本作が麻田駒之助蔵であったことが分かるが、あるいは滝田樗陰の生前に譲ってもらったものだろうか。ここに最初の所蔵者・滝田樗陰の「滝田哲太郎年譜」（杉森久英『滝田樗陰』（昭和41年、中央公論社）所収の付録栞）があり、略記しておくと、

明治十五年六月二十八日　秋田市に生まれる。
明治三十三年　第二高等学校（仙台）に入学。
明治三十六年九月　東京帝大英文科に入学し、十月「中央公論」海外新潮欄に外国新聞雑誌の翻訳を担当。
明治三十七年九月　東京帝大法科に転じ、十月頃から「中央公論」記者となる。
大正元年秋　「中央公論」主幹となる。
大正十四年十月二十一日「中央公論」主幹を辞す。二十七日逝去。

となる。滝田は《大島の水汲み女》が制作された大正五年頃は、「中央公論」主幹として名声を高め、編集者として最も油の乗り切っていた頃であろう。では、樗陰と槐多の接点はどこから生まれたものか。上田敏の娘婿で、三島由紀夫の父・平岡梓とは一高時代からの友人であった嘉治隆一は、『歴史を創る人々』（大八洲出版、一九四八年）の中で、「麻田社長は自分と同じ西片町［文

京区」に住み、「帝国文学」や「芸苑」などに拠って海外思潮と騒壇［文壇］の動きを紹介することに力を注いでゐた上田敏に托して、海外事情を「中央公論」誌上に毎号執筆せしめることゝなった。（略）そのうちに、上田敏は助手としてまだ［東京帝大の］法科大学生であった滝田哲太郎を探し出してきた。」と書いている。

滝田が東京帝大英文科から法科に転じるのは明治三十七年九月。その頃の上田敏は明治三十六年四月、夏目漱石らとともに東京帝大文科講師として赴任し、明治四十二年七月まで在任している（『明治文学全集31 上田敏集』年譜、昭和四十一年、筑摩書房）。おそらく樗陰は敏の東京帝大時代の教え子だったのではなかろうか。他方、杉森氏は前掲書で上田敏には触れずにこう書いている。

《差木地村ポンプ庫》1916年

樗陰は書画にも趣味が深かった。これは彼が夏目漱石の家に出入りしているうちに、吹き込まれたもののようであるが、のち同郷［秋田県］の平福百穂《ひゃくすい》と親しくなってからは、この趣味はなおさら昂じ、毎年の末には彼の西片町の家に、平福百穂・長原止水［孝太郎］・結城素明・

小杉未醒・小川芋銭・森田恒友などの当代の画家をあつめて忘年会をやった。なおその会には，芥川龍之介・横山健堂らの文士が招かれることもあった。

平福百穂は明治三十七年、谷中の太平洋画会（後の太平洋美術会）夜間部に通う中で、小杉未醒、森田恒友と出会い、親交するようになった。森田恒友については、「『青木繁は』やがて田端の方へ移転し、まもなく千駄木町六五桑垣方へうつった。（略）この太田の森の下の家では森田恒友と同宿している。」（河北倫明『青木繁』、昭和39年、角川書店）とある。しかも、青木が上京後入門した小山正太郎の不同舎には、国分浜国太郎（小杉放庵）もいたのである。明治四十一年末の「パンの会」結成時には槐多の従兄・山本鼎とともに森田恒友も参加し、大正五年からは槐多と同じく日本美術院の同人となった。槐多日記には、「森田から来信、この一月で俺はずゐ分交際家になつたものだ。」（大正三年五月二十五日）とある。こうした三者の、滝田樗陰忘年会への参加の中で、槐多のことが口の端にかかることは、ありうることでもあり、そうした経緯から、樗陰は槐多没後の追悼会に出席したとも考えられるのである。

4.〈上田敏〉の死と《差木地村ポンプ庫》

さて、槐多の大島油彩のうちのもう一作《差木地《さしきじ》村ポンプ庫》である。私は二十五年前、大島に渡った。当時差木地在住の木村友一氏（故人）との値遇から、そのポンプ庫の位置を確かめることができたが、まとめる機会を失ったまま月日が過ぎた。しかしながら今夏（平成二十九年）、台風一過の七月六日、思い立って再び大島の差木地を訪ねた。

と言うのも、伊豆大島在住の藤井虎雄氏から、一枚の戦前絵葉書（「〈大島風俗〉差木地ノ水汲」月出商店発行）の画像を提供していただいたからである。両端には差木地の水汲み場に来た水汲み女と小高い台地の左上には当時の木造ポンプ庫の一部が写っている。以前訪ねた折には油彩《差木地村ポンプ庫》のことばかりに気を取られ、しかもその真下にはビニールハウスがあり、かつて水汲み場であったことには思い及ばなかった。《大島の水汲み女》と《差木地村ポンプ庫》とは上下に近接した一対とも言える作品だったのである。

その日は快晴で、元町港から差木地到着後、目的地までにはそれほどの時間はかからなかった。周辺の鬱蒼と茂っていた樹木は、随分少なくなって真新しい住宅が立ち並び、様変わりしている。旧差木地村ポンプ庫下に着くと、以前あったビニールハウスは撤去されており、戦前の消防用木造ポンプ庫はコンクリートの白い建物に変わっている。用途は変わらず、現在はホース、投光器などの資器材置場になっているのである。以前には車両も入庫していたという。

　おそらく槐多たちは、当地にあったこのポンプ庫を根城にしたのか、宿を取ったのかは不明だが、水汲み場で飲料水(当時は雨水、現在は地下水)を得ていたのであろう。画中にもどると、ポンプ庫後ろに顔を出す山麓は、三原山ではなく岳《たけ》の平《ひら》なのだという。長閑でなだらかな深緑の稜線、南島の晴朗な気候のもとで、差木地村は槐多の傷痕を癒やすにはうってつけの楽園だったであろう。

　しかしながら画面はここでも、どんよりした濃緑色と茶褐色それにガランスのような赤葡萄酒色を混じえて、暗鬱な気配を漂わせている。画中に人影はなくポンプ庫は廃屋のようにも見える。

戦前絵葉書《差木地ノ水汲》、左上は差木地村ポンプ庫。
両端に大島の水汲み女（提供=藤井虎雄氏）

1993 年当時の水汲み場跡。左上は消防用資器材置場
（旧ポンプ庫）（1993 年4月26日、筆者撮影）

何か槐多の生命力が霧散し、時間が停止したような不気味な静寂が充満している。この油彩もまた、槐多の内側が表出されたひとつの自画像とも言えよう。

日差しの強さに眩暈を覚える。藤井氏とは都合でお会いできず、帰路に就いた。帰京してのち、遠い日を手繰り寄せた。この油彩《差木地村ポンプ庫》は、現在は酒田市の本間美術館委託となっている。当初は田端に住む笹秀松（妻は旧姓・門山操。槐多の父方の遠縁。山形松嶺生まれ）が所蔵していた。笹は《湖水と女》（大正六年）などとともに数点所蔵していたが、当時、笹の一人娘・日野郁子さん（故人）を西宮に突然お訪ねしたものである。当惑され、撮影も録音もできず、覚え書きを取ることもままならなかったが、この油彩裏側に貼られた槐多たち七人の集合写真（表紙カバー参照）のことに話は及んだ。差木地村ポンプ庫下で撮られたもので、左から二人目が槐多。なぜか三人の顔は削り取られている。日野さんによれば「槐ちゃんは童顔」で「こいつが気に食わない、こいつが気に食わない」という感じで損傷させたのだという。それらの人物は誰であったのか。想像にすぎないが、あるいは当時差木地にいた、美校出の画家角野判治郎であろうか。（参考、「芸術新潮」〈特集・村山槐多の詩《うた》〉一九九七年三月号、新潮社）

差木地での七人の集合写真のうち、右端は山崎省三、右から三人目は、東郷青児ではないかと思われる。大正四年に来島した東郷は、大正五年まで伊豆大島で過ごした。その時同行していたのが、のちに京橋の〈写真屋〉になる五、六歳年長の「八郎さん」なので、集合写真の撮影者は、この「八郎さん」なのかもしれない。（参考、東郷青児『明るい女』、昭和二十一年、コバルト社）

油彩《差木地村ポンプ庫》については、佐藤三郎・七郎共著『酒田と初期洋画』（昭和57年、本間美術館）所収「槐多と酒田」で、いち早く推量を交えて紹介されている。

槐多の油絵十二号キャンバスの裏に、墨書で〈差木地村ポンプ庫　村山槐多　一九一六・九〉と書いてあるが、これは槐多の筆跡ではない。（略）裏書からこの大島から帰って間もなくの作品で、山崎と［根津八重垣町での］共同生活中に仕上がったものと思われる（略）。槐多の突然の出奔で二人分の下宿代を背負わされ、その支払いのために残された槐多の絵に〈一九一六・九　槐多〉と山崎省三が裏書し、槐多を知る人に買ってもらって、その代金を下宿代にあてたものだろう。

とすると、伊豆大島での槐多たちの集合写真左下に見える油彩《差木地村ポンプ庫》は当時まだ未完成であったのか。帰京後に改めて手を加えたために、裏書は〈一九一六・九〉となったのであろうか。《大島の水汲み女》の裏書も同じく〈大正五年九月〉である。ともに山崎省三筆かもしれないが、友人の杉村鼎介は「だが、彼［槐多］の住居した家（略）の二階は大島の旅より［の］帰京とともに住み、盛んに大島の印象を画材として描き居たりしを思ひ出す。」（「根津から」、「アトリヱ」大正十四年三月号所収）とも書き残している。「印象を画材として描」いたのは後者の《大島の水汲み女》なのかもしれない。後に山崎も「失恋の旅」（『槐多の歌へる其後』所収、大正十年、アルス）で槐多をこう回想している。

［大正五年］七月だつた。私の大島の旅行を追つて彼はやつて来た。（略）失恋の痛手が、彼に弱気なぎこちない日々を送らした様子であつた。概して沈思なさびしい日が彼にも来たのを私は見た。（略）こゝで八月の末まで居た。院展の出品製作もしたが出なかつた。／それでも、大島の美しさが彼をどんなに慰めた事だろう。／帰つてからも大島が忘れられない風でよく人に話した。

裏書は確かに〈一九一六・九〉にせよ、槐多がこの年、伊豆大島にいたのは山崎を追ってやってきた七月某日から「八月の末まで」である。私は先に槐多の大島行について「槐多の傷痕を癒やす」と書いた。しかしながら偶発的にも、この年大正五年の七月九日には、槐多の母とも親交し、森鷗外の盟友だった京都帝大教授・上田敏が急逝するのである。当時の敏は明治七年（一八七四年）十月生まれだから四十一歳くらいだったはずである（前掲書『上田敏集』年譜）。槐多が山崎を「追つて」「やつて来た」のは七月の何時ごろかは不明だが、「概して沈思なさびしい日」とは何を指すだろう。

槐多は上田敏について、「あれ［「美少年サライノの首」］をつかつて一つ上田先生に接近したいと思ふ」（大正三年三月二十七日「日記」）であるとか「上田びんは僕は好きだ、おもしろからう。」（大正三年五月頃、山本二郎宛「書簡」）と思いを披瀝していた。敏に「接近したいと思」ったのは、あるいは京大・上田敏門下の逸材・竹友藻風と槐多が、山本二郎を介した知己だったこともあるのかもしれない。「竹友僕について何か言つて居たか。」（前出山本二郎宛「書簡」）とある。

山崎は槐多の大島行を「失恋の旅」としたが、穿った見方をすれば、お玉からの受傷以上に上田敏の長逝が、より増して心的暗転への触媒となったのではなかろうか。槐多は負荷された二重の暗影と、鬱屈からの新生を企図していた。悲傷は〈重力〉となり、再生には〈揚力〉を必要としていたのである。槐多はその双力の間に横たわる径庭を狭めるように、画業に於ける最も豊穣な年、翌〈大正六年〉へと転回して行く。

《大島の水汲み女》1916 年

濁つたわが心と肉と／金色に光る／美しい夏の日の／大島の海べに

死骸の様に／すてた果物の様に／時としてダイヤの様に／燦々と光る
さびしいさびしい黙りより／いつそれは輝く鳥の様に
空を翼で打ち／空をふるはせる事か。

（村山槐多「詩」大正六年）

〔初出：季刊「流域」81号、平成二十九年十月、青山社〕

あとがき　余滴にかえて

今回の『森鷗外と村山槐多の〈もや〉』を脱稿したのが、八月二十一日。異常な暑さでパソコンが壊れるというようなお話も耳にする日々が続いていた。不十分ながらまとめ終えて送稿させていただき、しばらく経った頃、久々に私は街へ出た。少しばかり歩くと、通路の一角でブックフェアが開催されている。何度か来たことがあり、思いがけない物が出ることもままあって、注意深く書棚を見ることにしていた。すでに入手していた正続二冊物の『槐多の歌へる』（アルス）の初版、再版はともかく、探していた正続本の第三版は、裸本ながらやっとのことでこの会場で以前見つけたものである。一巡して、出ようとするとワゴンの下に四つの雑誌の山が見えた。近づいて見ると、休刊になって久しい日動画廊の雑誌「繪」である。百数十冊はあったように思う。「繪」がこんなにまとまって出ることは珍しく、私は思わずしゃがみこんで全冊の目次に目を通すことにした。草野心平「村山槐多」の連載全二十九回の内二十四冊も含まれており、あとで、草野著の単行本と比較すると細部に異同が見られる。しかし、この日の収穫は、「繪」192号（1980年2月号）であった。本編『森鷗外と村山槐多の〈もや〉』とも関連するもので、故小崎軍司氏の「二重戸籍だった山本鼎」という単行本未収録の〈美術エッセイ〉が掲載されていたのである。

結論から言えば、森鷗外が仲人をした山本鼎もまた、村山槐多同様、㋑「戸籍簿の鼎の欄には出生場所が明記されていない」ということ。それればかりではなく、はたまた、㋺鼎についても、槐多における新たな岡崎出生説と同様に「異説の出生地の出現」が見られることである。少し、かいつまんで、小崎氏の叙述を列記してみよう。

（1）山本鼎は、明治十五年十月十四日に、〈愛知県岡崎の裏町〉で生まれたとされてきたが、それは鼎の従弟で槐多の従兄でもある〈嶺田丘造〉によるという。

（2）しかし、〈岡崎市花崗町《みかげちょう》〉在住の、小崎氏の未知の読者だった〈牧野正次〉なる人物によれば、氏の少年時代、山本家の縁者から聞いたところ、鼎の出生地は岡崎裏町ではなく、隣接した〈岡崎上肴町《かみさかなまち》（現伝馬町一丁目、花崗町一丁目）〉だという。しかしながら、岡崎市役所には鼎の戸籍は存在していない。

（3）旧山本鼎記念館所蔵の戸籍抄本によれば、鼎の信州神川村大屋〈註、次の（4）〉以前の本籍は「愛知県幡豆《はず》郡永野村五十五番戸」となっている。

（4）鼎が渡仏する五ヵ月ほど前の、明治四十五年二月十九日「長野県小県郡神川村大屋一八三番地」に本籍移す。

（5）昭和十二年七月五日「東京市大森区山王一丁目二八一〇番地」へ移る。

というもので、私には、鼎に於ける岡崎花崗町の〈牧野正次〉なる人物の登場と、槐多に於ける名古屋の親族〈嶺田久三氏〉の登場が重なって見える。（3）の戸籍抄本は、わたしも入手しており、前戸主の山本良才から、戸主は山本一郎になり、養父良才、養母ませ、妻たけ、長男鼎、養妹たま、養弟秀雄、養妹ひさ、養弟競と続いて、一郎が筆頭の代表者である。冒頭の本籍地欄には、確かに「愛知縣幡豆郡永野村五拾五番戸」と記載されているが、これは本文「18節」でも触れたように前戸主の山本良斎・万世がかつていたところであり、前記の通り、鼎の〈出生場所〉の記載は見られない。鼎の父山本一郎（岡崎康生町、牧與七郎四男）は良斎の長女たけの養嗣子となった頃は、戸主は良斎だったために、こうした良斎の本籍地が記載されたものであろう。しかし本文「18節」で引用したように、鼎の生まれる二年前（明治十三年）の、山本良斎の居所は現岡崎の「額田郡裏町八十番邸」（種痘証による）となっていることも注意されるべきであろう。

小崎氏は、当初、嶺田丘造の言う「岡崎裏町生まれ」を自説としていたが、前述のように、のちに〈牧野正次〉なる人物の新証言をそのまま採用し、以後鼎の生地は「岡崎上肴町生まれ」と定説化されていく。今、手元にある限りの山本鼎展図録他資料を列挙してみよう。

①小崎軍司『山本鼎』（1969年、山本鼎記念館友の会）
②小崎軍司『山本鼎』（1981年、上田市山本鼎記念館）
③『山本鼎生誕100年展』（1982年、上田市山本鼎記念館）

④『山本鼎生誕110年展』（1992年、上田市山本鼎記念館）
⑤平野勝重（執筆）『山本鼎』（1992年、上田市山本鼎記念館）
⑥『山本鼎展図録』（1997年、岡崎市美術館）
⑦『山本鼎生誕120年展』（2002年、上田市山本鼎記念館）
⑧『山本鼎のすべて展』（2014年、上田市立美術館）

このうち、①は愛知県「岡崎裏町」が鼎の生誕地となっており、②以降⑦まで「岡崎上肴町」に変更される。⑧で再び「岡崎町大字裏町二十五番路《ママ》」へともどって、①の「岡崎裏町」が復活するのである。実に二十数年もの間「岡崎上肴町」が定説となった。いかに当時、小崎軍司氏の影響力が強かったが分かる。しかしながら、小崎氏は鼎の非血縁者である〈牧野正次〉なる人物の証言を、信憑性を含めどのように吟味咀嚼した上で採用したのであろうか。①の「岡崎裏町」から、急転直下、②から⑦に至る「岡崎上肴町」への出生地変更、この経緯こそ、再検証し、今般の槐多の出生地事象に生かすべきであろう。

ちなみに「岡崎町大字裏町二十五番路」（佐々木註、戸籍謄本では「二十五番戸」）とは、明治五年入籍相続し、「戸主であった山本一郎から［交代した山本良斎が］明治二十二年十月二十八日に、当時の額田郡岡崎町裏［町］二十五番戸へ分家し、再び戸主の座を占めている。」（小崎、前掲「繪」192号）とあるように、山本良斎の再度の分家先であるが、鼎が生まれた明治十五年当時は婿養子の父山本一郎が戸主だったであろう。

しかしながら、明治十五年鼎が誕生すると父一郎は、一人で上京。苦学して、鷗外の父森静男のもとで代診をするようになる。遅れて明治二十年頃、妻のたけも一人息子の鼎とともに上京。そのため明治二十二年に再び戸主となった良斎の再度の分家となる。一郎は静男に信頼され、妻たけの弟妹も上京させて、たけ共々、森鷗外のお世話になった。

以上見てきたとおり、〈村山槐多と山本鼎の出生〉については、類同する〈もや〉が充満する。(1)ともに出生場所が戸籍に明記されていないこと。(2)異説の出生地を説く人物の出現と新説なるものの定説化。(3)出生地特定が二転三転する不確定性。(4)本籍地が出生地とは限らない戸籍簿。などなどという共通項である。まだ、ほかにもあるかもしれない。しかし、振り返ってこれだけは言える気がする。何はともあれ、「良斎は連帯保証人になってだまされるんです。財産を全部取られてしまいます。だから、良斎も東京に逃げて来たんじゃないでしょうか。」(丘造長女・嶺田雪子氏聞き取り。小著『森鷗外と村山槐多』、p33)という困窮化した、槐多や鼎の母方・山本家に対し、これに手を差し伸べたのが他ならぬ〈森鷗外家〉であったと。

＊　＊

故ピアソラの「レクエルド(想い出)」を聴きながら、これを書いている。〈森鷗外と村山槐多〉というテーマについては二冊目になるけれども、参照させていただいた鷗外研究者の方々の優れた論考は数多《あまた》あり、本稿は鷗外と槐多の境界を、少しばかり粗描したものにすぎない。誤謬や疎漏もあることであろう。ご指摘いただければ幸いです。

振り返れば、わたしが村山槐多に曲がりなりにも傾情し始めたのは、1982年頃になる。当時は〈森鷗外〉との境界など知る由もなく、三十五年以上経って、来年二月には、予想もしなかった槐多没後百年忌を迎えるが、早逝した槐多は幸いなるかな、作品とともに老いることはない。

しかしながら、こちらは老いていくばかりである。白い奔馬が砂塵をたてて駆け抜けるような時間の速さにとまどい、時計の針を止めたいと思うような刹那の衝動に駆られる。そんな時私は、小閑に蒐めたCD群の中から一枚を取り出す。そこには、時の流れが停止した音楽空間が広がる。ピアソラの次は、ドン・ランディトリオの「カーニバルの朝」、その次はジョアン・ドナートの同「カーニバルの朝」を聴こうと思う。言うまでもなく、同曲は今年、カンヌ映画祭でパルムドールを受賞した是枝裕和の「万引き家族」（なかにし礼は「大傑作」、「サンデー毎日」8月12日号所収）同様、かつて同賞を受賞したマルセル・カミュの映画「黒いオルフェ」のテーマ曲（ルイス・ボンファ作曲）であった。

早や、十月。もう、秋だ。「あとがき」の最後になりましたが、今回編集にあたられた神奈川新聞社の小林一登氏と、二篇の転載を快諾いただいた青山社の保野岳人氏に、厚くお礼を申し述べる次第です。

平成三十年十月十日

著者略歴

佐々木　央（ささき・てる）

1949年11月生まれ。成蹊大学法学部卒、早稲田大学第二文学部卒。現在、明治美術学会、美学会に所属。

〈著書〉

『炎の白面《はくめん》にためらふ如く－村山槐多大正六年作《湖水と女》ノオト』（藤原印刷、1988年）

『円人《えんにん》村山槐多』（丸善出版サービスセンター、2007年）

『森鷗外と村山槐多－わが空はなつかしき』（冨山房《ふざんぼう》インターナショナル、2012年）

〈小稿〉

「繪」（日動画廊）全11回　1992年～2001年（のち『円人村山槐多』に収録）

「春秋」（春秋社、1996年10月号）「村山槐多－いのちの短かき一をどり」

「芸術新潮　特集・村山槐多の詩《うた》」（新潮社、1997年３月号）「槐多の〝モナ・リザ〟たち」

「近代画説10号」（明治美術学会、2001年12月）「村山槐多拾遺」

「季刊流域79号」（青山社、2016年11月）「村山槐多《乞食と女》再考－いとかなしき答あり」

「季刊流域81号」（青山社、2017年10月）「伊豆大島の村山槐多－《大島の水汲み女》と《差木地村ポンプ庫》をめぐって」

〈小閑〉

ジャズ、クラシック、ラテン音楽、映画（邦・洋）をこよなく愛す。

森鷗外と村山槐多《かいた》の〈もや〉

2019年１月17日　初版発行

著　　者　　佐々木　央

発　　行　　神奈川新聞社
〒231-8445 横浜市中区太田町2-23
電話 045(227)0850（出版メディア部）

ISBN978-4-87645-589-8 C0095